DIFERENTE

Papel certificado por el Forest Stewardship Council®

MIXTO
Papel procedente de
fuentes responsables
FSC
www.fsc.org FSC® C117695

Penguin
Random House
Grupo Editorial

Primera edición: octubre de 2021
Primera reimpresión: noviembre de 2021

© 2021, Eloy Moreno
© 2021, Penguin Random House Grupo Editorial, S. A. U.
Travessera de Gràcia, 47-49. 08021 Barcelona

Printed in Spain – Impreso en España

ISBN: 978-84-666-7045-6
Depósito legal: B-12.919-2021

Compuesto en Llibresimes

Impreso en Liberdúplex
Sant Llorenç d'Hortons (Barcelona)

BS 7 0 4 5 6

DIFERENTE

Eloy Moreno

BANDA SONORA

Pensé que sería bonito compartir con vosotros la banda sonora de *Diferente*, por eso he creado una lista en Spotify con las principales canciones que estuvieron sonando mientras escribía esta novela.

Os dejo el nombre de la lista y un enlace en QR por si os apetece escucharla mientras leéis el libro.

La lista se llama
Eloy Moreno (BSO Diferente)

Luna nació sin saber que se haría
mayor antes de dejar de ser niña.

Luna era especial, no por ser diferente,
era especial porque fue capaz de
hacer útil esa diferencia.

Durante el tiempo que pasamos juntos
me di cuenta de que,
aunque era ella quien se llamaba Luna,
su satélite fui yo.

Todo empezó un día cualquiera,
como casi siempre, en un hospital.
Yo estaba allí para explicarle
lo que significa la muerte.
Al final fue ella quien me enseñó
lo que significa la vida.

Polonia. Ahora

Llueve sobre una mujer que desea pasar desapercibida entre todas las vidas que se amontonan a la puerta de un colegio.

Con una mano sujeta un paraguas con el que intenta ocultar su cuerpo, con la otra sostiene un móvil en el que pretende esconder su rostro. No quiere llamar la atención.

Mira la hora, aún quedan cinco minutos, ha llegado demasiado pronto. Es su primer día en la ciudad —también en el país— y no conoce la zona.

Mañana lo hará mejor, piensa.

Mañana intentará llegar justo a la hora de la salida, para que nadie se fije en ella, para estar el menor tiempo posible expuesta a las miradas. No quiere correr el riesgo de que alguien se acerque a hablarle en un idioma que no conoce. No quiere que nadie se dé cuenta de que es la única madre que espera en la puerta del colegio sin tener ningún hijo al que recoger.

Según le indica el móvil, estará lloviendo durante varios días. Sabe que eso lo va a complicar todo, que la lluvia va a disipar las vidas demasiado rápido, que apenas va a tener tiempo para descubrir nada... La parte positiva es que esa misma lluvia la va a ayudar a mantener el anonimato y, quizás, a detectar uno de esos extraños comportamientos. Mira alrededor, nerviosa, imaginando que alguno de los presentes es un policía que, de pronto, se le va a acercar para preguntarle qué hace ahí, tan lejos de su casa; tan lejos de la realidad.

Suspira, con la esperanza de que esas sospechas solo estén en su mente.

Mientras las gotas continúan golpeando su paraguas revisa de nuevo la foto que tiene de la niña. Un rostro que ahora ocupa toda la pantalla; un rostro que ha memorizado, que podría dibujar incluso con los ojos cerrados.

Mira de nuevo la hora: apenas faltan dos minutos para que suene el timbre. Será justo en ese momento cuando la mujer aprovechará el pequeño caos de vidas para introducirse entre la multitud y acercarse, intentando que nadie lo note, a una niña que no conoce: unos cinco años, con el pelo tan rubio que parece blanco, delgada como un bambú y bastante alta para su edad. Y con los ojos negros, muy negros.

Sabe que esto último, el color de los ojos, no es una prueba suficiente; sabe que, en realidad, no es nada.

Si la verdad que está buscando existe, cualquier coincidencia física no tendrá demasiada importancia; podría sumar, claro, pero nunca sería concluyente. Por eso va a centrar sus esfuerzos en encontrar otro tipo de características, las menos visibles... las únicas que podrían darle sentido a su viaje.

Si es que algo de lo que está haciendo tiene sentido.

Suena el timbre del colegio.

La mujer guarda nerviosa el móvil. Mira alrededor, parece que de momento nadie se ha fijado en ella.

Cientos de pequeños cuerpos salen corriendo en busca de los familiares que han venido a buscarlos.

La mujer avanza entre ese pequeño caos de vidas intentando aparentar que ha venido a recoger a alguien. Busca con la mirada entre decenas de rostros uno en concreto. Durante unos segundos tiene la sensación de estar perdida en un mar de besos, gritos, risas, abrazos y, sobre todo, palabras que no entiende...

Se mueve indecisa, perdida, pues apenas puede ver nada a través de todos los paraguas que la rodean. Decide cerrar el suyo y ponerse la capucha del abrigo para así moverse con mayor disimulo y menor dificultad.

Se va abriendo paso hacia la puerta principal del colegio, pues de momento no la ha visto pasar. Mira detalladamente a los pequeños que aún quedan por salir y por fin la ve: la niña está justo detrás de la valla, agarrada con fuerza a los barrotes y asomando la cabeza entre ellos, como si estuviera buscando algo, o a alguien.

La mujer sonríe.

Al menos la niña existe, piensa.

Mira a ambos lados y, por un momento, está tentada de entrar corriendo, acercarse a la pequeña y ponerse de rodillas frente a ella para así poder observarla de cerca. Desearía estar a unos pocos centímetros de su cuerpo para detectar cualquier reacción en su rostro, para ver si al ponerse nerviosa le tiembla la mandíbula y, para descubrir lo que hay en el interior de sus ojos. Desearía también quitarle la capucha y dejar que la lluvia moje su pelo, una reacción extraña ahí sería una prueba mucho más contundente. Y, sobre todo, le gustaría observar la expresión con la que dibuja cada una de sus emociones.

Todo eso es lo que desearía, en cambio lo único que puede hacer es acercarse lentamente a la valla con la intención de poder verla más de cerca sin que nadie se dé cuenta de lo que está haciendo. Asume, además, que la posibilidad de que en un día de lluvia pase por allí un gato es remota. Y lo de la araña ni siquiera se lo ha planteado, al fin y al cabo la mayoría de la gente les tiene miedo, no probaría nada.

Cuando ya está a unos pocos metros de ella es otra mujer la que llega corriendo hasta la niña y, tras saludar rápidamente a la maestra, se la lleva en brazos.

Ambas, niña y madre, se alejan hacia el otro extremo de la calle, sin paraguas, únicamente protegidas por sus chubasqueros.

Allí, casi en la esquina, un coche las está esperando.

Del interior del mismo sale un hombre y coge a la pequeña

en brazos. Le da un beso y abre la puerta posterior del vehículo. En ese instante la niña se pone a gritar.

Grita y llora, fuerte, muy fuerte. Y patalea, y continúa gritando como si de pronto se hubiera vuelto loca. Y le pega con los brazos a quien podría ser o no su padre, y le estira del pelo, y le continúa dando patadas.

Sus gritos se pueden escuchar incluso desde el lugar donde la mujer observa la escena con la esperanza de que la lluvia le moje el pelo a la pequeña.

El hombre desiste y es la madre quien coge de nuevo a una niña que tiembla. La abraza y le da mil besos en la mejilla, pero aun así no consigue calmarla: continúa gritando, llorando, pataleando...

Finalmente, a la fuerza, madre e hija se introducen en la parte trasera del vehículo.

El hombre, después de mirar a su alrededor para detectar si alguien ha observado lo ocurrido, también entra.

Arranca.

Y las tres vidas desaparecen entre la lluvia y el tráfico.

La mujer se queda en la acera sin saber qué hacer. Con la tensión del instante se le ha olvidado que lleva en la mano el paraguas cerrado.

Lo abre y un escalofrío le recorre el cuerpo.

Piensa ahora en las razones que la han llevado allí: oficialmente está de vacaciones en una ciudad en el norte de Europa, en Polonia. Pero la realidad es mucho más compleja.

La realidad es que ha venido a buscar respuestas a preguntas que quizás no tengan sentido. Las mismas preguntas que le hizo una niña que vivía en el interior de un sombrero.

Es entonces cuando recuerda aquellas palabras:
¡Me duele, me duele mucho!
¿Pero qué te duele, Luna?
Ese es el problema... que no lo sé.

* * *

La palabra normal siempre me asusta.

Tim Burton

*Cuando conocí a Luna asumí que
no tardaría en irse de mi lado,
lo que no sospeché es que, aun así,
iba a quedarse conmigo toda la vida.*

Un 20 de julio, exactamente a las 20.17.39 horas, en la cama de un viejo hospital de una pequeña ciudad, nace un niño que llora justo a los dos segundos de salir del cuerpo de su madre.

Él aún no lo sabe pero de mayor su color preferido será el verde, el del césped recién regado; su olor, la menta; y su sabor, la canela. Le encantará comer gelatina y jugar con ella en la boca, pasándola lentamente entre los espacios de los dientes; y no podrá evitar pisar las hojas secas que han caído al suelo en otoño, disfrutando del ruido que producen al crujir bajo sus pies.

No le gustará, en cambio, escuchar las palabras «no puedo»; mojarse las mangas de las camisas al lavarse las manos en invierno o que la gente se le acerque demasiado cuando le hable.

Nacerá con grandes habilidades para la natación pero por su lugar y familia de origen no verá una piscina hasta cumplidos los treinta años, momento en el que tanto su cuerpo como su mente habrán olvidado que podría haber sido uno de los mejores nadadores del mundo.

Justo en ese mismo segundo, en la cama de otro hospital situado a un continente de distancia, una niña se ha quedado huérfana al nacer. Ha sido un parto complicado: ni el material utilizado ni el país elegido eran los más adecuados; la niña ha conseguido sobrevivir pero la madre no. Quizás ese propio dolor en la salida es lo que hace que la pequeña comience a llorar con una fuerza desmedida. Y, a pesar de la intensidad de sus llantos, nadie encontrará ni una sola lágrima en sus mejillas; como todos los recién nacidos tendrá cerrados los conductos lagrimales. Le encantará el sabor de la miel, el olor de la tierra mojada después de un día de lluvia y su color preferido será el naranja que se queda en el cielo cuando el sol ya se ha ido. Disfrutará también observando cómo el aire mueve las hojas de los árboles o descubriendo cómo cambian de forma las nubes en un día de viento.

Detestará en cambio ver un pájaro enjaulado, las raíces de los árboles descubiertas o cualquier resto de basura en la arena de una playa.

Sería especialmente buena diseñando y desarrollando edificios: ha venido al mundo con una creatividad innata, pero son habilidades que nunca podrá aprovechar, pues en el país en que ha nacido a las mujeres no se les permite hacer muchas cosas, en realidad no se les permite hacer casi nada.

A tres países al este de distancia, en ese mismo segundo, nacerá un niño. Ha sido cesárea, el médico tenía prisa y ha decidido acabar cuanto antes.

Le encantará el sabor a naranja, el olor a gasolina, el tacto de las superficies totalmente lisas y la sensación de flotar con los ojos cerrados en el mar.

No soportará en cambio ver las puertas abiertas de un armario, abrocharse todos los botones de las camisas o a las personas que lleven demasiado perfume.

Será bueno navegando, de los mejores del mundo si se dedicara a ello desde pequeño, pero durante los primeros años de su vida no tendrá oportunidad de probarlo. Los barcos no entrarán entre los planes de una familia numerosa con una economía demasiado escasa. Quizás si hubiera nacido en otro lugar, en otro hogar...

En el mismo segundo, a diez países al norte de distancia, nacerá una niña justo cuando sus padres han dejado de quererse. Ella iba a ser la excusa para unir una pareja a la que ya no le quedaba nada en común.

Le encantará morder la punta de una barra de pan recién hecho, andar descalza por casa, que le besen lentamente en el cuello y frotar los pies bajo las sábanas cuando los tenga fríos.

Su olor preferido será el de las galletas recién hechas; su sabor, el de las fresas; y su color, el blanco de enero, ese con el que se dibuja la nieve, el frío y el hielo.

Le molestarán los días de viento, irse a dormir a una cama deshecha y, a pesar de que le encantará decorar la casa en Navidad, detestará quitar los adornos del árbol.

Será una niña que tendrá buenas aptitudes para la música y gracias a nacer en el entorno adecuado podrá desarrollarlas durante su crecimiento.

Y así, según las estadísticas, serán trescientos niños los que nacerán en el mismo segundo en el mundo, en distintos lugares, en distintas familias, con distintas oportunidades...

De entre todos ellos vamos a fijar nuestra atención en una niña. Y vamos a fijarnos en ella porque de vez en cuando a la humanidad le llega una ayuda.

Muy de vez en cuando nace alguien como Luna.

* * *

Nace Luna

13 años antes. Nace Luna

Un 20 de julio, exactamente a las 20.17.39 horas, en la cama de un hospital normal, de una ciudad normal, nace un bebé, en principio también normal, con el nombre de Luna. Luna no llorará durante su primer minuto de vida. Algo extraño, pero no imposible. Ocurre en un pequeño porcentaje de casos sin que eso deba significar nada preocupante.

Lo primero que hará nada más llegar al mundo será mirar hacia ambos lados intentando distinguir algo, buscando alguna referencia. Pero sus ojos aún no estarán lo suficientemente desarrollados para poder ver nada y será ahí, justo después de unos largos sesenta y tres segundos, cuando se pondrá a llorar.

A Luna le encantará el sabor a galleta mojada en leche, el color violeta rozando el azul oscuro, como el de algunas uvas, y su olor preferido será ese que dejen las personas que quiere en su ropa.

Será feliz observando a la gente e imaginando sus vidas:

disfrutará, por ejemplo, al ver a dos personas mayores paseando cogidas de la mano mientras sonríen; o viendo cómo una pareja se despide y, mientras se separan, ambos giran sus cabezas para volver a mirarse.

Detestará, en cambio, muy pocas cosas. En realidad casi nada, porque tendrá un cerebro tan privilegiado que será capaz de entender prácticamente todo.

* * *

Día 1. Hospital

Cuando entré por primera vez en su habitación ella ya sabía que yo había permanecido durante unos segundos fuera, dudando. Eso explica que, justo al abrir la puerta, me la encontrara de pie, junto a la cama, esperándome.

Un conjunto de huesos se equilibraba de forma imposible, como ese castillo de naipes que uno debe sujetar disimuladamente por debajo para que no se derrumbe al menor movimiento.

Era muy alta para su edad y parecía demasiado alegre para su esperanza. Ese día llevaba una especie de pijama gris claro que se confundía con la propia ropa de cama.

Y sobre todo aquel conjunto destacaba un enorme sombrero que parecía ejercer de ancla en su cuerpo.

Se esforzaba en disimular el temblor de sus piernas apoyándose en la cama y entrecruzando sus brazos en la espalda, como esa pieza trasera de los marcos que sirve para que las fotos puedan mantenerse en pie.

Durante unos instantes nuestras miradas se enredaron en

la distancia. Fui yo quien la apartó justo antes de que la niña pudiera reconocer en mí un sentimiento de lástima. Miré hacia la derecha y allí, en un pequeño sillón, permanecía sentada una joven enfermera.

—Hola... —casi le susurré, como si tuviera miedo a hablarle directamente a la niña.

—Hola, bienvenida, soy Ayla —me contestó la enfermera mientras se levantaba para saludarme.

—¡Hola! —me dijo también la niña.

Noté una expresión de sorpresa en el rostro de la enfermera cuando la niña habló.

—¿Tú debes de ser Luna, verdad? —le pregunté.

—Sí —me contestó alargando su mano.

Fue justo al apretarla cuando me di cuenta. Quiero pensar que no modifiqué mi expresión, que no hice absolutamente nada fuera de lo normal que diera a entender mi sorpresa al tocarla.

—Efectos secundarios —me dijo.

—¿Qué? —contesté avergonzada.

—No se pre, preocupe, es normal notarlo, no pa, pa, pasa nada. *¡Ya!* A veces nos esforzamos en disimular nuestras reacciones ante lo extraño, cu, cu, cuando lo normal es que, que lo extraño nos extrañe, ¿no cree?

Se rascó la nariz y me mostró los dedos.

—Me falta gran parte del dedo índice, el de ambas manos —me dijo mientras encogía los hombros de forma compulsiva—. Es fácil notarlo al apretarla, nos hemos acostumbrado ta, ta, tanto a sentir cinco dedos que cu, cu, cuando uno de ellos no está nos damos cu, cuenta. En ca, cambio no es ta, tan fácil detectarlo al verlas, sobre todo si las muevo de forma rápida, mire.

En aquel momento, apoyando su cuerpo en la cama comenzó a mover sus manos en el aire.

—Así es imposible *¡Ya!* notarlo —dijo sonriendo. A los pocos segundos dejó de moverlas.

Volvió a rascarse la nariz, varias veces.

—Pe, pe, pero ta, tampoco es ta, tan grave.

Me quedé en silencio mientras ella se miraba las manos fijamente. Tuvo un espasmo muscular en el cuello y encogió los hombros. Y otra vez, y otra vez. Aquellos movimientos provocaron que el sombrero se le moviera ligeramente hacia un lado.

—Cuando era pequeña se co, co, complicó el tema y comencé a perder la circulación *¡mierda!* de las extremidades. Al final solo pe, perdí dos dedos, bueno medios dedos porque en realidad solo me falta la mitad de ambos —dijo mientras se colocaba disimuladamente el sombrero—. ¿Y sabe lo más gracioso? To, to, todos pensaban que se me darían muy mal las matemáticas...

Se quedó callada, como esperando una respuesta. Pero yo no sabía qué decir. Volvió a mover bruscamente los hombros y se rascó varias veces la nariz.

—¿No lo entiende? —continuó sonriendo—. To, todos empezamos a co, co, contar co, con los dedos de las manos, de ahí viene el sistema decimal, *¡mierda!* de hecho por eso a los números les *¡ya!* llamamos dígitos...

Silencio.

Se volvió a rascar la nariz, varias veces.

—¡Sí, claro! ¡Dígito viene del latín, significa dedo! Miré de nuevo, disimuladamente, a la enfermera.

—No, ella ta, tampoco lo sabía cuando se lo conté. To, todos decían que solo sería capaz de contar hasta ocho o nueve... —y comenzó a reír.

Le dio otro espasmo muscular en el cuello y encogió los hombros varias veces. Se rascó la nariz.

Yo no entendía nada, absolutamente nada. Me sentía como ese boxeador que, después de varios asaltos, aún se mantiene en pie en el cuadrilátero sin saber muy bien qué hace ahí, a la espera de que alguien lance la toalla o sea el contrincante quien, con un golpe, lo tire al suelo.

Pero claro, aquel día aún no sabía que estaba ante la persona más especial que iba a conocer en mi vida.

* * *

Polonia

Una mujer se ha quedado varada en la puerta de un colegio donde ya solo queda ella, el frío y la lluvia.

Y de pronto sonríe, sonríe porque la ha visto; sonríe porque al menos sabe que existe, que es real, que no es solo una imagen sacada de internet junto a unos datos inventados. Por supuesto, eso no prueba nada, absolutamente nada; pero piensa que al menos aquella niña se trabajó la mentira.

Y aun así, aun sabiendo que todo es mentira, he venido, se dice a sí misma.

Quizás ha venido por lo impactada que quedó después de ver el símbolo del infinito dibujado en aquella pizarra; o porque siente que de alguna forma se lo debe. O quizás porque necesita descartar que la realidad tenga anomalías.

Piensa de nuevo en esa niña que acaba de ver en el colegio: ojos negros, alta, rubia, muy rubia... y de pronto se da cuenta de un pequeño detalle en el que no había caído, vuelve a sonreír.

Amarillo, llevaba un chubasquero amarillo. Sabe que es

una coincidencia absurda, que a muchos niños les gusta ese color. La explicación racional es que solo ha puesto el foco en ella, seguramente si se hubiera fijado en otros alumnos de ese mismo colegio hubiera detectado más chubasqueros amarillos.

Sonríe.

Mira de nuevo el móvil para consultar una dirección: dos calles más abajo debe de estar el parque.

Si hoy hubiera hecho un buen día, es posible que niña y madre estuvieran allí, junto a otros compañeros del colegio. No es algo complicado de averiguar, pues en la mayoría de las fotos que ha encontrado en internet sobre ese parque, aparecen niños jugando junto a sus carteras.

Se dirige hacia allí sin ser consciente de que en el exterior del colegio, a varios metros de distancia, un hombre la ha estado observando desde que ha llegado. Lleva un gran paraguas, botas militares y una gabardina negra, de esas que casi llegan al suelo. El mismo hombre que ahora ha comenzado a seguirla, a cierta distancia, en dirección al parque.

* * *

—Bueno... si me permiten —dije aprovechando que la habitación se había quedado en silencio.

Me acerqué a una pequeña mesa situada junto a la ventana y comencé a sacar varios documentos.

—Si os parece... —intervino la enfermera—, yo os dejo. ¿Estarás bien, Luna?

—Sí, *¡Ya!* claro *¡Ya!* —contestó la niña.

—¿Seguro? —insistió la mujer.

La niña dijo que sí con la cabeza sin dejar de sonreír. Se volvió a rascar la nariz, varias veces.

—Es muy raro... —casi me susurró la enfermera.

—¿Qué es raro? —le pregunté.

—Nada, nada... bueno, si necesita cualquier cosa puede pulsar el botón rojo, ese de ahí... Luna ya lo sabe. —Y salió de la habitación dejando la puerta entreabierta.

Miré a Luna y le sonreí. Me devolvió la sonrisa.

Comencé a organizar los papeles.

Tenía ante mí uno de los informes más dolorosos que había leído en mi carrera. Aquella niña había sufrido tantas complicaciones en su vida que el milagro era ella misma. Su nombre era Luna, tenía trece años y según los últimos informes médicos debería haber muerto hace tiempo. Pero vivía.

Más de diez operaciones en apenas seis años le habían dejado tantas secuelas que resultaba imposible distinguir unas de otras.

Aunque en ese momento yo estaba de espaldas organizando los documentos, noté que me observaba. Mi intención era presentarme y repasar con ella algunos aspectos de los mismos. Pero no me dio tiempo.

—Me llamo Luna. Te, tengo tre, tre, trece años y estoy enferma por varios sitios —me dijo.

Me volví sorprendida, sosteniendo varios papeles en mis manos.

—Soy superdotada en algunas cosas y una co, completa inútil en otras. Sé hablar perfectamente diez idiomas pe, pero a veces mi cuerpo *¡vale!* no me responde y soy incapaz de decir una frase completa.

»Puedo to, tocar demasiado bien el pi, piano desde pe, pe, pequeña, a pesar de mis dedos, y realizar operaciones matemáticas extremadamente complejas, aunque ninguna de esas dos habilidades es mérito mío, claro. En ca, cambio nunca he sabido co, cómo distribuir *¡mierda!* el peso para mantener el equilibrio en una bicicleta, se me dan fatal los deportes y tengo la flexibilidad de una farola.

Le dieron varios espasmos en los hombros, movió la cabeza y se rascó la nariz con tanta fuerza que pensé que se la arrancaba.

—Eso sí, soy ca, capaz de memorizar grandes textos, co,

complejas imágenes, determinadas situaciones... tengo una pe, perfecta memoria fotográfica, memorizo al instante to, to, to, todo lo que veo. Si cierro los ojos...

En ese momento tiró del enorme sombrero hacia abajo y su cabeza desapareció dentro de él.

—Por ejemplo, así, sin ver —hablaba desde dentro del sombrero—, podría decir cómo va usted vestida.

Dejó pasar unos segundos.

—Lleva pantalones vaqueros azul oscuro, un cinturón marrón con hebilla en forma de rombo, dorada... abrochado en el tercer agujero. Camisa blanca, de botones blancos, unos ocho. Lleva también una pulsera y dos anillos, los dos en la misma mano, en la izquierda, en los dedos anular y corazón. Y los pendientes... ahí me he perdido, creo que son dos pequeños aros plateados. Y un pelo rizado precioso. Morena, claro.

En ese momento, sin esperar mi respuesta, se levantó el sombrero y me miró.

—Vaya, he fallado en los pe, pe, pendientes, no son pla, plateados, sino dorados.

Me quedé sin saber qué decir, lo había acertado todo. Ya me habían comentado que aquella niña era especial, superdotada. En algunos aspectos un genio.

—Te, tengo dos enfermedades mortales —continuó—, pe, pero mientras ellas luchan entre sí para ver cuál me mata antes, yo continúo viva. La ELA, una enfermedad extremadamente rara en niños, en un principio, pa, parecía que iba ganando. Pe, pero hace unos años un cáncer en mi cabeza le está quitando el pu, puesto. Es una lucha reñida entre ambas, el pro, problema es que los efectos secundarios los sufro yo.

Se detuvo. Se rascó la nariz varias veces.

—Un día me hice una pregunta. Qui, *¡ya!* quizás la misma que, que, que se estará haciendo usted ahora mismo: ¿có, cómo es po, posible que en un solo cuerpo quepan tantas enfermedades?

»Esa idea me estuvo destrozando durante mucho tiempo hasta que llegué a la conclusión de que si en el mundo hay chicas ca, ca, *¡ya!* casi per, perfectas: altas, guapas, con el cuerpo proporcionado, con sus diez dedos, y sin ninguna enfermedad destacable durante toda su vida... por qué no iba a existir también el extremo co, co, contrario, o sea, alguien co, co, como yo. Estadísticamente po, poco probable, pero no imposible.

Así soy, poco probable, pero al fin y al cabo posible, aquí me ve.

*   *   *

Polonia

Una mujer camina en dirección a un parque que hasta ahora solo ha visto por internet. Lo hace sorteando los charcos que se han formado sobre una acera irregular e intentando esquivar las salpicaduras de los coches que pasan demasiado rápido a su lado.

Gira a la izquierda dos calles más adelante y lo ve.

Ahora, de cerca, parece más grande que en las fotografías. Observa varios bancos rodeando una zona con columpios, se acerca a ella sin darse cuenta de que sus zapatos se van hundiendo ligeramente en el barro.

Sabe lo que busca, y quizás por eso es lo primero que ve: un tobogán rojo, alto, viejo, de hierro, muy diferente al resto de columpios, que en su mayoría son de madera; y en cambio según ella era el preferido de la niña.

¿Cómo pudo saber algo así? Fue otra de las preguntas que se hizo desde un principio, una de las que le generó más curiosidad. Pero ahora, al verlo de cerca, se da cuenta de que es

algo normal, pues de todos los columpios, ese es el que más destaca; en realidad podría ser el preferido de cualquier niño.

Al final, todo en la vida son probabilidades, sonríe.

Mira alrededor y tiene una sensación extraña... Está en un parque que no conoce, en una ciudad que nunca ha visitado... y aun así... Aun así hay momentos en los que parece haber estado allí... *Fallos de la mente*, piensa.

Continúa revisando el alrededor sin darse cuenta de que un hombre la está observando, disimulado entre los árboles. Un hombre que de momento se mantiene a la espera.

La mujer busca en el móvil la distancia que hay hasta la siguiente dirección. Esa podría ser una prueba más. No significaría que lo que busca es verdad, por supuesto, pero significaría que aquella niña invirtió mucho tiempo investigando. *A veces*, sonríe, *la coherencia entre varias mentiras nos puede hacer dudar de la verdad.*

Está a unos treinta y cinco minutos andando. Podría coger un taxi, pero siempre le ha gustado la lluvia, elige ir andando.

El hombre que la ha estado vigilando se alegra de esa decisión, será mucho más fácil seguirla a pie que en coche.

* * *

—Tengo señales por todo el cu, cuerpo, la mayoría son cicatrices de operaciones... pero hay otras marcas extrañas, que son de nacimiento. Por ejemplo, tengo alguna cu, cu, curiosa, co, como esta de aquí... —se levantó ligeramente la camiseta y observé una marca que me recordó a la que yo tengo en la frente, justo sobre la ceja derecha— es bonita, ¿verdad?

Asentí.

—No, no es co, co, como la que tiene usted en la frente —me dijo como si pudiera leer mis pensamientos—, la suya es de un accidente.

Estuve a punto de contradecirla, porque no era cierto, en realidad tenía esa marca desde que nací, no era de ningún accidente, pero preferí no decir nada. Aunque al final, la vida le dio la razón a ella.

—Co, co, como ya se habrá dado cu, cuenta. Ta, también, te, tengo el síndrome de *Gilles de la Tourette*. Que dicho de otro modo es que de vez en cu, cu, cu, cuando tengo tics nerviosos que no puedo co, co, controlar. Me rasco la nariz, encojo los hombros, muevo la cabeza, me atasco al hablar, ta, ta, ta, tartamudeo con diversos sonidos, y a veces digo palabrotas sin poder evitarlo... Suele acentuarse cu, cu, cuando me pongo nerviosa. Si estoy tranquila no se me nota ta, tan, tanto. Ahora ya lo te, tengo asumido, pero no lo pa, pa, pasé bien en el co, colegio...

Imaginé en ese momento cómo habría sido la infancia de aquella niña.

—Pa, pa, para los encogimientos de hombros involuntarios me viene genial el sombrero —continuó—. Cu, cuando veo que de pronto se ha movido, es po, porque ha ocurrido lo de los tics. A veces ¡*mierda!* también lo noto por la ca, cara rara que po, pone quien está delante de mí, co, como la que ha puesto usted en algún momento de nuestra co, conversación.

Me sentí avergonzada, ¿pero cómo podía saber tantas cosas? ¿Cómo podía darse cuenta de cada gesto, de cada expresión de mi rostro?

—No se preocupe, sé que no hay mala intención, es algo natural. Estoy acostumbrada a que, que me miren de forma rara, a que piensen que soy re, re, retrasada, a que se rían de mí... Cuando iba a clase, en mis cu, cu, cumpleaños nunca faltó un regalo divertido por pa, parte de mis compañeros: un sonajero, un libro con trabalenguas, un bozal, una camisa de fuerza... Un año entre varios me regalaron una diadema de ca, cascabeles y me obligaron a ponérmela durante la hora del comedor mientras hacían apuestas pa, pa, para intentar adivinar las veces que iba a sonar.

Uno de mis apodos más comunes en el co, colegio y después también en el instituto fue *La Franki...* po, por Frankenstein, ya me entiende. De alguna forma tenían razón, parece que me hayan hecho a trozos, que no me hayan acabado.

Tragué saliva.

Y de pronto noté algo extraño en su rostro, como quien quiere llorar pero sabe que no es el momento. Como si su cuerpo estuviera buscando un bolsillo donde esconder todo el dolor que sus palabras le estaban generando.

* * *

No sabía qué hacer, no sabía qué decir, no sabía por dónde interrumpir aquel monólogo.

—Co, como supongo que ya le habrán comentado, *¡ya!*, *¡mierda!*, usted no es la primera psicóloga que, que viene para decirme algo que ya sé: que me voy a morir. Han venido más; po, por lo menos seis que recuerde, la mayoría no duró ni una semana.

Se quedó en silencio y ahí, por fin, encontré un lugar para atravesar su propia conversación.

—¿Por qué? —le pregunté.

—Co, con algunos me negué a hablar desde el principio, te, tenían tan, tantas cosas que decir que no quise interrumpirles... nunca.

Luna comenzó a reír.

—Bueno, con, con uno sí hubo conexión. Los primeros días pareció interesarse de verdad por lo que yo sentía. El pro, problema vino cuando comenzó a hacerme preguntas.

—¿Cuál fue el problema, Luna? Nuestro trabajo también consiste en hacer preguntas...

—El problema fue que no le gustaban mis respuestas. Volvió a mover sus hombros de forma inconsciente.

Noté un gesto de dolor en su rostro. Se rascó la nariz.

—Pero no puede ser por eso, Luna. Los psicólogos estamos acostumbrados a todo tipo de respuestas, a todo tipo de reacciones, es nuestro trabajo: hablar, conversar...

—No todos los psicólogos están preparados pa, para todo tipo de respuestas, se lo aseguro.

Silencio. Se rascó la nariz. Encogió los hombros bruscamente. Y una mueca más de dolor.

Su cuerpo se tambaleó.

—Vaya... —me atreví a intervenir con una sonrisa intentando no darle importancia a lo que estaba viendo— me parece entonces que lo voy a tener difícil.

—No, creo que co, co, con usted será distinto.

—Ah, ¿sí?, y ¿por qué? —le pregunté sorprendida.

—Porque usted y yo compartimos algo.

—¿Qué compartimos? —le pregunté de nuevo, pensando que su respuesta sería inocente. Pero no fue así, fue todo lo contrario. Ahí entendí que debía tener cuidado con las preguntas que le hacía a aquella niña.

—Usted y yo hemos sentido el mismo dolor —me dijo mirándome a los ojos—. Ese que, aunque se esconda durante el día, ca, cada noche viene a visitarnos: el dolor de una pérdida. Un dolor que no desaparece nunca porque en realidad está sustituyendo a la persona que se fue.

Silencio.

Los papeles que aún sostenía en la mano se me cayeron al suelo. Me quedé rígida, observándola fijamente, sin atreverme a cerrar los ojos. Pensé que mientras no parpadeara no llegarían a caer todas esas lágrimas que se me estaban acumulando en el reverso de la mirada.

Silencio.

Me agaché lentamente para recoger los papeles. Y ahí, lejos de su mirada, dejé que lágrimas y dolor se desparramaran por el suelo.

¿Cómo podía saber aquella niña eso de mí?

* * *

Siete años antes

Un coche negro, casi nuevo, de tamaño medio, circula por una carretera donde, de momento, no hay culpables. En su interior madre e hijo regresan a casa, tienen una media hora de trayecto. Mientras la misma música de siempre suena en la misma emisora de siempre, la madre piensa en cómo va a encajar a sus tres pacientes, la natación del niño y la compra en el supermercado en la misma tarde.

El pequeño, ausente de ese rompecabezas de vida, va en el asiento trasero observando el paisaje. Siempre ha disfrutado viendo cómo pasan a toda velocidad árboles y casas a través de la ventanilla. Prefiere hacer ese mismo trayecto cuando llueve porque así puede jugar con sus dedos intentando guiar el camino que recorren las gotas por el cristal. Pero hoy no llueve, hace sol, hay buena visibilidad, así que ni siquiera eso servirá de atenuante.

A treinta kilómetros de distancia y justo en dirección contraria, en el interior de otro coche, rojo, un poco más grande, pero también un poco más antiguo, viajan madre e hija, ambas en los asientos delanteros, ambas a más velocidad de la permitida.

La hija lleva los auriculares puestos desde que entró en el coche. No ha dejado de mirar vídeos en su móvil, ahora mismo está atenta a uno donde una experta de dieciséis años explica cómo disimular los granos con una marca de maquillaje determinada.

La madre conduce con la mano izquierda y sostiene el móvil con la derecha. Su mirada se alterna entre la carretera y un chat del trabajo, ese donde están todos los compañeros a excepción del jefe. Las notificaciones sonoras la ponen nerviosa pero nunca se decide a desactivarlas. La conversación está tomando un rumbo que no le gusta.

Y mientras los minutos avanzan, la distancia entre los dos vehículos se reduce.

Dos coches, dos historias, cuatro vidas. Ya solo diez kilómetros las separan.

* * *

¿Cómo podía saber aquella niña eso de mí?

Era algo demasiado íntimo, algo que no había aparecido en ningún sitio, prácticamente ni se mencionó en los periódicos locales.

Me levanté lentamente y, dándole la espalda, comencé a colocar los papeles sobre el escritorio mientras, de forma disimulada, me limpiaba las lágrimas.

Quizás solo había sido una casualidad. Quizás aquella niña había detectado restos de tristeza en alguno de mis gestos, nada más. Dejé todo en su sitio, me di la vuelta y acerqué la silla para sentarme junto a ella.

—Luna, ¿sabes por qué estoy aquí? —le pregunté mirándola a los ojos sin disimular que había llorado.

—Sí, para decirme que me muero —contestó.

—No, no; estoy aquí para que estos sean los mejores días de tu vida —le dije.

—Bueno... —me respondió con una mueca de dolor.

Noté un cambio en su rostro, en realidad en todo su cuerpo. Me dio la impresión de estar viendo el final de una fiesta: cuando al castillo hinchable le deja de llegar el aire.

Abrió las sábanas y lentamente se fue acostando en la cama, como si se le estuviera escapando la energía. En ese caer suyo cayó también el sombrero al suelo y junto a él, una peluca rubia. Fue ahí cuando casi aparté la mirada: su cabeza, sin apenas pelo, era un mapa de cicatrices.

Cogió las sábanas para taparse, pero se le escapaban de los dedos, apenas tenía fuerzas para retenerlas.

—¿Luna? ¿Qué te pasa? ¿Estás bien? —le pregunté mientras la ayudaba.

—Estoy cansada, muy cansada..., y ahora me empezará a doler, siempre es igual... pe, pe, pero esta vez ha sido muy rápido. Quizás po, porque está cerca, muy cerca... esta vez ha sido cerca, muy cerca.

—¿Cerca? ¿Qué es lo que está cerca?

—Me duele, me duele mucho... —dijo mientras le daban pequeños espasmos en la cabeza.

—¿Qué te duele, Luna? ¿Qué te duele?

—Me duele, me duele...

—¿Pero qué te duele, Luna?

—Ese es el problema... que no lo sé —me contestó mientras cerraba los ojos.

Aquel día no entendí aquella frase, en realidad aquel día no entendí absolutamente nada de lo que estaba ocurriendo.

Me agarró la mano sin fuerza.

—Llame a la enfermera... —susurró.

—¿Qué?

—Llame a la enfermera. Llame a la enfermera... po, po, por favor... el botón, el botón rojo.

Y pulsé el botón rojo.

Cerró los ojos y me quedé allí agarrando su mano.

¿Qué te duele, Luna?

Ese es el problema, que no lo sé.

* * *

Siete años antes

Diez kilómetros.

Esa es la distancia que separa dos coches que circulan por la misma carretera pero en sentido contrario: uno negro y otro rojo. La visibilidad es perfecta y el tráfico fluido.

En uno de los coches, el negro, la mujer continúa pensando en cómo encajar todo lo que debe hacer, quizás si va a la compra primero, le dé tiempo a llevar al niño a la piscina y a atender algún paciente...

El pequeño, sentado detrás, observa el exterior y de pronto le habla: *mamá, me estoy haciendo pis.*

Esta le escucha pero no le contesta, sigue pensando en ese puzle imposible. El niño, nervioso, junta cada vez más sus muslos, como si así pudiera retrasar su impaciencia.

Mamá, me estoy haciendo pis, insiste. La madre continúa sin contestar, acelera.

El niño, quizás porque piensa que su madre no le ha escuchado o quizás porque realmente ya no aguanta más, vuelve a insistir; *mamá, me estoy meando.*

Es entonces cuando la mujer, su madre, le grita: *¡Ya te he oído, ya te he oído, ya te he oído!*

Grita con rabia, pero no contra él, sino contra el mundo, contra la tarde que se le echa encima, contra la vida que no le da para más, contra un reloj que no hay forma de parar. Pero lo paga con un niño que se asusta y deja que la orina moje sus calzoncillos, sus pantalones y su sillita. Ya no vuelve a decir nada más.

En el otro coche, el rojo, una adolescente continúa sin levantar la vista del móvil. Se ha cansado de la *influencer* y está ahora revisando los mensajes que han dejado en el grupo de amigos. Un chico le ha enviado una foto totalmente desnudo. Se pone nerviosa y pasa la imagen rápidamente. Mira de reojo a su madre, no se ha dado cuenta. Porque, *afortunadamente*, su madre está a otra cosa.

Esa otra cosa es un grupo que no para de enviar notificaciones sonoras que la niña no escucha y a la mujer la están poniendo cada vez más nerviosa.

Lleva ya unos minutos utilizando el volante con una mano y el móvil con la otra. Mira de reojo y cree intuir que una de sus compañeras, la menos compañera de todas, ha puesto algo que le incumbe directamente a ella. Se pone nerviosa.

Coge el móvil con rabia.

Cinco kilómetros separan los dos coches.

*　*　*

Polonia

Una mujer, después de muchas calles, mucha lluvia y también mucho frío, llega a la dirección que lleva apuntada en el móvil.

Mira alrededor y le parece estar reviviendo lo que ha visto tantas veces en internet. Prácticamente todo está igual, incluso los pequeños detalles: el color de las farolas, el mismo modelo de papelera, la forma de las baldosas de la acera... Se da cuenta ahora de lo similares que son todas las casas de la zona. Se fija desde lejos en la que ella busca: fachada blanca, entrada con verja negra y buzón rojo. Planta baja, primer piso y buhardilla.

Mira hacia arriba y descubre una ventana redonda decorada con un unicornio en el cristal. Se acerca a la casa y es al pasar por delante de la fachada cuando se da cuenta de un detalle que le hace sobresaltarse: justo enfrente está aparcado el mismo coche en el que se ha ido la niña.

Se asoma disimuladamente al pequeño jardín que hay entre

la verja y el interior de la casa: distingue un balón de baloncesto, un camión de juguete y una bicicleta amarilla y azul.

Sigue caminando por la acera hasta llegar a la esquina. Allí se detiene sin saber qué hacer a continuación. Mira a ambos lados: no hay nadie, solo lluvia. Y un frío que le roza los huesos.

Decide entrar en la cafetería.

Vuelve sobre sus pasos, cruza la calle y se coloca frente a la puerta del local. Es justo al abrirla, ya entrando, cuando piensa que la niña podría estar dentro.

Tiembla.

* * *

La enfermera llegó al momento con un pequeño carrito lleno de medicinas, cables y monitores. Ni siquiera preguntó, ni siquiera me miró. Le conectó un pequeño artilugio en el dedo y observó unos indicadores.

Cogió una jeringuilla y le inyectó algo.

Agarró a la niña de la mano, le miró el cuello, la cara, los ojos... y se mantuvo allí, junto a ella, hasta que el rostro de la pequeña comenzó a relajarse.

—No se asuste, a veces le pasa, pero es normal, y más estando aquí, y más conociendo a tanta gente... —me dijo como si se hablara a sí misma.

—Ha sido de pronto, estábamos hablando y...

—Sí, es así como sucede, pero esta vez podríamos haberlo anticipado, nadie se ha dado cuenta. A veces estamos tan ocupados intentando salvar una vida que se nos olvida que se nos puede ir otra.

—¿Qué? —no entendía nada.

—Bueno, es complicado de explicar. A Luna a veces le llegan dolores... digamos especiales.

—Sí, eso decía, decía que le dolía, pero no me decía dónde —le dije sorprendida.

—Ya, y eso es cierto... —me contestó la enfermera.

—Pero no es posible, debe saber lo que le duele, un brazo, el pecho, la cabeza... —yo continuaba sin entender qué estaba pasando allí.

—No siempre es así, hay dolores que llegan sin avisar, a ningún lugar en concreto. Mire, ¿ve todo esto? —me dijo señalando la máquina—, la tensión, las pulsaciones, el nivel de oxígeno... tenemos indicadores para todo pero ninguno de ellos es capaz de medir el dolor, y aún menos el dolor de Luna. Creo que nunca existirá un aparato que detecte el dolor de esta niña. Hay personas que son capaces de sentir cosas que ni usted ni yo imaginamos que existen. Luna es una de ellas.

—¿Hipersensibilidad asociada? —le pregunté. Mi formación científica me obligaba a etiquetarlo todo.

—Bueno... nos empeñamos en definirlo todo con una palabra. Seguramente ella le daría otra explicación. Una explicación mucho más sorprendente, también menos creíble, por supuesto.

—No le entiendo.

—Bueno, si al final usted sabe escuchar ella hablará —me dijo mientras dejaba suavemente la mano de Luna sobre la cama. —Hoy, cuando ha entrado, ha pasado algo insólito. Normalmente casi nunca habla con nadie el primer día, en cambio hoy... me ha sorprendido tanto...

No sabía qué decir.

—Bueno, ya es tarde, Luna seguramente estará unas horas durmiendo. La medicación que le he dado es bastante fuerte, nos vemos mañana —me dijo la enfermera invitándome a irme.

Salí y Ayla apagó tenuemente las luces.

Aquel día mientras conducía hasta casa volví a pensar en la frase que me dijo: *Usted y yo hemos sentido el mismo dolor.* ¿Cómo podía saber aquello?

Me propuse pasar la noche investigando en internet si se había publicado en algún sitio lo sucedido, si aparecía mi nombre, el de mi exmarido... el de él...

Él... él... él... ¿cómo dos letras pueden doler tanto?

Permanecí sentada en el interior del coche imaginando alguna forma de poder cambiar el pasado.

* * *

Siete años antes

Cinco kilómetros separan dos coches y cuatro vidas.

En uno de los vehículos, una mujer se arrepiente de haber gritado a su hijo, él no tiene la culpa. De alguna forma siente que hacerle daño a él es hacerse daño a sí misma. No conoce aún la teoría de Luna pero ya la vive en su propio cuerpo. *En cuanto llegue a casa le pediré perdón, le abrazaré, le morderé el cuello, las orejas, la nariz... le haré cosquillas por todas partes, nos reiremos y todo esto se habrá olvidado*, piensa.

Pero el problema de aplazar el cariño es que dependes del futuro, y eso es algo que ya no puedes controlar.

El niño llora sin hacer ruido, no entiende por qué su madre, a la que quiere sin condiciones, le ha gritado. No sabe muy bien cómo va a disimular lo que ha hecho. En unos segundos esa preocupación no tendrá importancia.

En el otro coche, el rojo, una adolescente continúa aislada en un mundo virtual sin hacer demasiado caso a lo que ocurre en el real, concretamente a la izquierda de su alrededor. Ahí, en ese lado del universo, su madre se ha puesto furiosa porque hay un comentario negativo relacionado con el trabajo que ella desempeña. No se lo puede creer, tiene que contestar.

Coge el móvil para escribir su opinión mientras conduce. Mira a la carretera fugazmente pero solo ve un coche negro a lo lejos.

*　*　*

Polonia

Abre la puerta y entra.

Mira disimuladamente el interior de la cafetería.

Observa la barra, las mesas cercanas a la ventana, las más alejadas... nada. El local está prácticamente vacío, ni rastro de la niña.

Suspira, piensa que es mucho mejor así.

Deja el paraguas en la entrada y se acerca al mostrador donde hay una camarera a la que ya solo le quedan dos horas para regresar a su casa. Una chica joven a la que le encanta el olor a pan recién hecho, ver la sonrisa de un extraño cuando alguien le sujeta la puerta al entrar y observar los rostros de los clientes cuando se dan cuenta de que les ha dibujado un corazón en la espuma del café.

Detesta en cambio el olor a tabaco, las personas que no le dan los buenos días y las madres que gritan a sus hijos sin ningún motivo, solo por rutina.

Nació con un don especial para la cocina pero nunca se ha

atrevido a montar algo por su cuenta, siempre ha estado trabajando para los demás. Algún día... se dice a sí misma, y lleva diciéndoselo desde hace cinco años.

La mujer que acaba de entrar intenta hacerse entender en inglés.

—«*A Caffelatte*», *please* —le dice con una sonrisa mientras se limpia las gotas que aún le recorren la frente.

—*Ok, one moment* —le sonríe también la camarera.

Mientras espera, observa de nuevo el alrededor: no, la niña no está.

En apenas un minuto tiene el café sobre la barra.

Lo coge y busca un lugar donde sentarse. Elige una pequeña mesa situada en un rincón, junto a un sillón. Deja su abrigo en el respaldo del mismo, se sienta y abraza con sus manos el calor de la taza, le encanta.

Es justo en el momento en que sopla sobre el café cuando se da cuenta de que hay un corazón dibujado sobre la espuma. Sonríe y mira hacia la barra.

La camarera también le sonríe.

Con la taza entre las manos observa al resto de personas que hay alrededor. Se fija en dos mujeres que hablan entre ellas interrumpiéndose continuamente la una a la otra. Como si el objeto de la conversación no fuera comunicarse, sino decir el mayor número posible de palabras aunque no lleguen a entenderse.

A la derecha, a unas tres mesas de distancia, un hombre joven mira ininterrumpidamente el móvil. Mueve sus dedos con rapidez, quizás buscando algo importante que nunca llega.

Los minutos pasan.

Entra una madre con su hijo, pide algo para llevar; las dos mujeres continúan hablando sin saber quién interrumpe a quién; una pareja de ancianos sale despacio después de dejar unas monedas en la barra...

Justo cuando los dos ancianos salen, entra un hombre mayor, con una gabardina negra que casi le llega al suelo y unas botas militares manchadas ligeramente de barro. Deja el paraguas en la entrada y se acerca a la barra.

Habla amablemente con la camarera y, después de unos dos minutos, coge el café. Mira alrededor y elige la mesa que hay frente a la mujer que ha estado espiando a una niña en el colegio.

Y el hombre la mira.

Y la mujer lo mira a él.

Y en ese cruce de miradas algo ocurre.

* * *

Anochece en el interior de un hospital.

Y con la noche llegan también los últimos sonidos: los carritos que se llevan los restos de la cena, las palabras de despedida de los enfermeros al cambiar de turno, lamentos de dolor, cansancio o falta de esperanza... que se van perdiendo entre unos pasillos que se vuelven tenues para que los interiores de cada habitación descansen.

Pero ese descanso no llega a una de ellas, pues allí una niña parece haberse recuperado del ataque de dolor que ha sufrido esa misma tarde. No tiene demasiadas fuerzas y aun así va a hacer lo que se ha convertido en su rutina nocturna. Se sienta en un extremo de la cama, con las piernas colgando. Las observa como quien mira el mar desde un acantilado y así, en esa posición, nadie diría que a esa niña le cuesta cada día más andar.

Desde ahí observa los últimos números que hay dibujados en la pizarra situada detrás de la puerta: de momento no hay ningún símbolo de infinito en ninguno de ellos.

Lentamente se coloca en el centro de la cama, en posición

de loto, y coge el sombrero para introducir su cabeza totalmente en él. Entra en su mundo.

En ese donde es imposible distinguir el ayer del futuro; donde los relojes no sirven para medir el tiempo; allí donde se puede viajar de un lugar a otro de forma inmediata y, a veces, aleatoria... Un laberinto del que solo se puede salir a través de las sensaciones.

Pasa casi dos horas allí dentro, aunque ella lo viva como si solo hubieran transcurrido unos segundos. Es al sacar la cabeza cuando, como siempre, se marea por el cambio de realidades.

Piensa que ahora ya tiene la energía suficiente para comenzar la noche. Será al ponerse de pie cuando se dé cuenta de que no, de que hoy también necesitará usar la silla de ruedas.

Aun así, conseguirá llegar caminando hasta el armario.

De ahí cogerá una mochila que tiene escondida.

En un solo movimiento, intentando no caer, vaciará todo su contenido sobre la cama: un bote de colonia, dos auriculares, unas cerillas, una caracola, una caja con arena, varios paquetes de galletas, algunas golosinas... y una preciosa caja con forma de corazón.

Será esta última la que tratará con más cariño pues sabe que su contenido es muy delicado. Será también el único objeto que no se llevará encima, la volverá a esconder en un rincón del armario.

Meterá todo lo demás de nuevo en la mochila y la colgará del respaldo de la silla. Ya está preparada.

Se sienta y saca el móvil para entrar en una aplicación.

Espera unos minutos. Listo.

Con un movimiento de manos hace que las ruedas avancen para salir a un pasillo que a esas horas de la madrugada ya duerme.

Empieza la noche.

* * *

Siete años antes

Un coche negro circula a 90 kilómetros por hora por una carretera. A unos 500 metros y, justo en dirección contraria, otro coche, en este caso rojo, circula a unos 110 kilómetros por hora. A esa velocidad tardarán unos nueve segundos en cruzarse. En el caso de que uno de los dos invada el carril contrario el tiempo será el mismo, pero las consecuencias muy diferentes.

En el coche negro hay un silencio incómodo, la madre se siente mal por haber gritado a su hijo. Piensa que en cuanto lleguen a casa todo se arreglará; los niños a esas edades no saben lo que es el rencor.

En el coche rojo, una adolescente está triste porque la foto que acaba de subir a las redes apenas tiene *likes*, no lo entiende, es una preciosa imagen en la que aparece sonriendo junto a una amiga... *Quizás*, piensa, *si me hubiera puesto más escote, si me la hubiera hecho con esa camiseta ajustada sin sujetador para que se me notaran los pezones o quizás si hubiera colgado la que me hice el verano en la playa en biquini...* Lo que la chica aún no sabe es que justamente esa foto será la que más *likes* tendrá de todas las que ha subido hasta ahora, pues será la última.

La mujer que va junto a ella y conduce el coche, su madre, coge con rabia el móvil y mira de reojo los mensajes que están poniendo en el grupo, no está nada de acuerdo. Podría no haber contestado, o podría haberlo hecho más tarde, pero se impacienta y decide escribir mientras vigila la carretera.

La frase es demasiado larga y el autocorrector incluye una palabra que ella no ha puesto. Es en ese momento, al borrarla y escribirla de nuevo, cuando se despista unos dos segundos. Los suficientes para que, a 110 kilómetros por hora, invada tres metros el carril contrario justo en el momento en que un coche negro se acerca.

La mujer que conduce el coche negro pulsa el claxon con violencia e intenta una maniobra girando hacia la derecha, hacia el arcén, para huir de ese otro vehículo que pretende comerse su mundo. El niño que va detrás observa cómo, de pronto, cambia el paisaje que asoma por la ventana. Se asusta, mucho. Pero será un miedo breve, apenas durará un segundo: la muerte será más rápida que el miedo.

En el coche rojo, la adolescente ni siquiera levantará la vista del móvil, no le dará tiempo a quitarse los cascos, ni a mirar a su madre... pero la foto ya está enviada. Cuando sus seguidores la vean no sabrán que esa chica ya solo existe en el mundo virtual, pues en el real ha dejado de hacerlo.

La mujer que estaba escribiendo el mensaje no hace nada, ni siquiera le da tiempo a pulsar el freno. Su último segundo lo ocupará en observar cómo una mancha ocupa todo el espacio.

Un coche rojo golpea con violencia la parte trasera de un coche negro, justo ahí donde iba la vida de un niño que mientras escribo estas líneas acaba de desaparecer.

Dos coches se abrazan mortalmente: hierro y carne, velocidad y sangre, vida y muerte... todo queda mezclado en un ovillo de desastre.

* * *

Polonia

Y cuando ambas miradas, la de la mujer con la taza entre sus manos y la del hombre vestido de negro, se cruzan, algo ocurre.

Ella se acuerda del mundo extraordinario de Luna, de todas sus reglas para explicar los momentos extraños de la vida, para explicar lo inexplicable.

¿Por qué hay personas con las que conectas nada más conocerlas y otras con las que no? ¿Qué une a dos vidas para que, de pronto, al mirarse, se sonrían? ¿Por qué te enamoras de alguien? ¿Por qué hay personas que no te interesan y otras sí?

Esas eran el tipo de preguntas para las que Luna siempre tenía respuesta. Y es cierto que en su mundo... en ese mundo que nacía en la habitación de un hospital y acababa en el interior de un sombrero, sus respuestas tenían sentido, todos sus razonamientos eran posibles. Pero fuera de allí... todo era más complicado de asimilar.

La mujer observa de nuevo al extraño que le devuelve una

sonrisa. Y así, durante muchos minutos, ambos juegan a verse sin que el otro lo note, desviando sus miradas para que no colisionen.

Él busca en su mente una excusa para acercarse. Ella lo mira porque de alguna forma le resulta familiar.

En el interior de ese juego la tarde va pasando: las dos mujeres que hablaban sin entenderse ya se han ido, el chico joven continúa mirando su móvil de forma nerviosa, la camarera está recogiendo... y el hombre mayor con la gabardina negra se acaba el café.

Lo que va a ocurrir a continuación es algo que no tiene ningún tipo de explicación en la mente de una mujer acostumbrada a una realidad basada en normas. Pero ocurre.

Observa fijamente al hombre sorprendida, pues de alguna forma, le parece haber vivido ese momento ya con anterioridad. Su mente le dice que ahora él sacará varias monedas de su bolsillo, las pondrá una a una sobre la mesa formando un pequeño montón y, cuando vaya a colocar la última, la lanzará al aire para volver a cogerla en su mano, intentando averiguar si sale cara o cruz...

Como psicóloga sabe que los *déjà vu* son solo trampas del cerebro, problemas técnicos de la mente. Una de las principales teorías es que el *déjà vu* aparece cuando algo que está ocurriendo se almacena directamente en la memoria de largo plazo en lugar de hacerlo en la inmediata, que sería lo normal, dando así la impresión de que lo que estás viendo ya ocurrió antes. Pero sabe que lo que está viviendo ahora mismo no es un *déjà vu*, pues aún no ha sucedido. Lo de ahora, de ocurrir, sería más parecido a adivinar el futuro.

Y mientras ella continúa cuestionando lo imposible de sus pensamientos, el hombre saca varias monedas de su bolsillo, las coloca una a una sobre la mesa, formando un pequeño montón y cuando va a poner la última, la lanza al aire para cogerla inmediatamente. La observa y sonríe. La coloca también sobre el montón.

El hombre ha visto algo que le puede servir de excusa para acercarse a ella. Por eso se levanta, se pone el abrigo y, en lugar de ir directamente hacia la puerta, se dirige hacia una mujer que intenta disimular el temblor de sus manos agarrando con fuerza la taza de café.

* * *

En el interior de la noche de un hospital, una niña en silla de ruedas sale de su habitación para entrar en la que está justo al lado. Esa es siempre la primera que visita, pues es donde debe invertir más energía.

Luna entra y cierra inmediatamente la puerta. La mujer que hay en la cama se levanta nada más verla. En un principio no la reconoce y la mira con desconfianza. Luna no se preocupa, ya está acostumbrada, simplemente le sonríe mientras abre la mochila.

Coge varios de los objetos y, lentamente, con mucho esfuerzo, consigue ponerse de pie. Se mira las piernas e intenta hablar con ellas: *es solo un momento.*

Y durante unos tres minutos ocurre la magia.

Después, agotada, vuelve a sentarse en la silla. Va a necesitar un rato para recuperarse.

Finalmente, cuando ya ha cogido aire y fuerzas abre de nuevo la puerta y sale. Nadie lo ha visto.

Luna saldrá de allí y avanzará unos cuantos metros para llegar a una habitación que tiene un gran punto rojo dibujado en la puerta, un punto rojo que hace de faro de una mujer que olvida a cada momento el presente.

Ella duerme, pero Luna sabe que en cualquier momento puede despertarse gritando, enfadada... por eso va a intentar que hoy no ocurra.

Aquí la visita apenas durará un minuto. En el caso de que la mujer esté despierta, un poco más.

Pero esa noche duerme.

Luna saldrá de allí y continuará recorriendo varias habitaciones de esa misma planta hasta llegar al ascensor. Desde ahí se dirigirá a la planta infantil: el lugar en el que debería estar ella. Recorrerá varias habitaciones, no siempre las mismas, dejando caramelos a cambio de pequeños papeles. Unos papeles que guardará más tarde en la caja con forma de corazón.

Después de muchos minutos volverá a coger el ascensor para ir hasta la última habitación de la noche: la 444. Una habitación que siempre se la reserva para el final.

* * *

Aquella noche, después de hablar con Luna y abandonar el hospital, lo primero que hice al llegar a casa fue buscar información sobre mí misma, sobre mi exmarido, sobre mi hijo... sobre el accidente de coche que rompió mi vida.

Cada búsqueda traía recuerdos, y cada recuerdo traía a su vez dolor. Porque el dolor de perder una parte de ti nunca desaparece...

Tras varias horas visitando cientos de páginas, apenas encontré cuatro o cinco artículos mencionando lo sucedido: un accidente entre dos coches en una carretera, poco más. Ni siquiera indicaba que hubiera fallecidos. En ninguna de las noticias aparecía mi nombre, nada.

¿Cómo pudo aquella niña saberlo?

*   *   *

Luna comienza a hablar

Doce años antes. Luna comienza a hablar

La niña que nació sin llorar continúa creciendo, quizás de una forma distinta a lo normal porque todo en su vida ocurrirá a destiempo. Pronunciará muchas palabras antes de cumplir un año, pero durante varios meses, nadie, ni siquiera su madre, entenderá nada de lo que diga. La niña mezclará palabras sin sentido, generará sonidos con diferentes acentos, se expresará con construcciones sintácticas extrañas... de hecho no será capaz de decir una frase completa con coherencia durante mucho tiempo.

Será a los dieciocho meses cuando una madre preocupada la lleve a la logopeda y esta averigüe la sorprendente verdad: no es que la niña esté hablando mal el idioma, es que está hablando tres idiomas a la vez. Uno será el suyo, el materno, el inglés; el otro, el ruso; el tercero, el alemán.

La logopeda le explicará que si un niño escucha palabras en otros idiomas es normal que las vaya incorporando a su vocabulario, lo que no es normal es que las incorpore tan rápido. La madre le contesta que no sabe dónde ha podido escuchar ni el ruso ni el alemán.

Y aun siendo imposible, poco a poco, Luna continuará hablando los tres idiomas a la vez, cada vez mejor, cada vez de una forma más fluida.

A los cinco años serán ya cuatro idiomas los que hable perfectamente.

A los seis años, serán cinco.

Y así continuará aprendiendo hasta llegar a dominar diez lenguas distintas a los trece años de edad.

*   *   *

Día 2. Hospital

Al día siguiente, al llegar a la planta donde estaba Luna, me acerqué al mostrador de la entrada y descubrí un lazo negro en la pared.

—Se nos ha ido —me dijo una enfermera intentando contener las lágrimas.

Pensé en ella y se me aceleró el corazón.

—¿Quién? —pregunté con miedo.

—La señora Parker...

Y al instante sentí ese alivio egoísta que nos invade cuando quien fallece no es un conocido. Porque el dolor por una muerte depende de lo cercano que sea el vínculo que teníamos con quien ya se ha ido. Yo en ese momento aún no conocía la teoría de Luna, pero es algo que todos vivimos en el día a día.

—Llevaba con nosotros casi seis meses. Hemos hecho todo lo posible pero sus pulmones no han aguantado más...

—Lo siento... —le dije quizás sin sentirlo como debía,

pues cuando no hay relación alguna con el fallecido, en realidad el sentimiento que se tiene es muy limitado en el tiempo, quizás unos segundos.

Silencio.

Me quedé mirando el lazo negro de la pared.

—Es algo que llevamos haciendo durante muchos años. Todos aquí somos como una familia, y a pesar de que la mayoría de los pacientes que llegan son terminales, siempre se les coge cariño, siempre creamos vínculos con ellos...

—Lo siento... —repetí.

Me dirigí a la habitación de Luna.

Avancé varios metros por el pasillo donde estaban los enfermos, la mayoría adultos. No entendía por qué Luna no estaba ubicada en la planta de arriba, en la infantil.

Pasé por varias habitaciones en dirección a la suya y me fijé en una que tenía la puerta decorada con un gran círculo rojo. Fuera, en medio del pasillo, había una mujer mayor apoyada en un andador.

—¿Es usted la madre de Luna? —me preguntó.

—¿Su madre?... No, no —le contesté amablemente.

—¿Está segura? —insistió mirándome fijamente a los ojos, como si no se creyera lo que le estaba diciendo.

—Claro, claro que estoy segura —sonreí.

—Casi siempre estamos seguros de estar seguros, en cambio casi nunca lo estamos de no estarlo... —me dijo.

—No, lo siento, no soy la madre de Luna —le repetí.

—Vaya, qué pena —me contestó cambiando la expresión de su rostro.

Me hice a un lado para poder pasar.

Mientras caminaba intenté recordar la información que tenía sobre la madre de la niña. Según los informes había muerto unos seis o siete años atrás, también de cáncer.

Cuando ya me había alejado unos metros...

—¿Es usted la madre de Luna? —me volvió a preguntar.

—No, lo siento... —le respondí. Me miró con una expresión molesta.

Continué andando hasta su habitación. La puerta estaba casi cerrada. La abrí lentamente y me sorprendió encontrármela así.

* * *

Polonia

En el interior de una cafetería un hombre se acerca a una mujer que está sentada con una taza entre las manos.

Ella lo mira sin querer mirarlo, *¿lo conozco de algo?* Piensa que es imposible, y más allí, a tantos kilómetros de su casa. *¿Me habrá visto en el colegio?*

El hombre llega hasta su mesa.

La mujer se acerca la taza al rostro, como si ese gesto la protegiera de alguna amenaza que ni siquiera conoce.

Él sonríe y le dice algo en un idioma que ella no entiende.

—*Sorry, I don't understand* —le contesta.

—*Oh, oh, ok... is your coat, it's on the floor* —señala hacia el suelo.

—*Oh, thanks, thanks* —le contesta nerviosa dejando la taza sobre la mesa y recogiendo el abrigo que se le ha caído al suelo. El hombre sonríe, da media vuelta y se va dirección a la puerta de salida.

La mujer coge de nuevo la taza, le da un trago y piensa

que todo tiene una explicación, que no hay madrigueras, ni sombreros que se hagan pequeños por dentro pero no por fuera; no hay magia, quizás sí trucos, pero no magia... y aun así continúa pensando en esas monedas amontonadas.

El hombre sale de la cafetería y se asoma a la casa que la mujer ha estado mirando antes de entrar. Se pregunta qué interés puede tener. Saca una pequeña libreta y anota la dirección y los nombres que aparecen en el buzón.

Camina calle abajo.

Se ha intentado fijar en su rostro y, sobre todo, en su frente. Pero todo estaba demasiado oscuro, no puede asegurar nada. Tendrá que volver a intentarlo.

Se queda escondido en una esquina a la espera de que la mujer salga. La seguirá para averiguar qué lugares visita, en qué hotel se aloja, si se encuentra con alguien...

Y mientras espera vuelve a sacar la carta que recibió hace unos días, esa que tenía un símbolo de infinito en el remite y una foto de la mujer en el interior junto a unas coordenadas y una hora. No había fecha, por eso ha estado yendo al colegio cada día a la misma hora durante las últimas dos semanas. Hasta que, por fin, la ha encontrado.

* * *

Luna estaba sentada en la cama con las piernas cruzadas, en posición de loto. Sus brazos reposaban sobre los muslos y tenía la cabeza metida totalmente en el sombrero. Permanecía inmóvil, tanto que por un momento temí que ni siquiera respirase.

Toqué suavemente la puerta para no asustarla y que supiera de mi presencia. Me acerqué al escritorio, dejé mi bolso y saqué varios documentos.

Me mantuve observándola durante unos minutos: un pequeño cuerpo oculto bajo un enorme sombrero.

Aproveché para analizar toda su habitación. ¿Por qué la habían puesto en esa planta, con los adultos?

Me fijé en un gran mapa del mundo colgado en la pared con chinchetas en varios países. Lo que no vi ese día fue otra pizarra más pequeña, situada justo detrás de la puerta, esa la descubriría más tarde.

Después de muchos minutos, Luna movió sus manos, agarró lentamente el sombrero y sacó la cabeza.

—Hola —me dijo mientras abría los ojos.

—Hola —le contesté con una sonrisa—. ¿Qué hacías dentro del sombrero?

—Bueno, este sombrero me sirve pa, para muchas cosas. A veces es un escudo, a veces el lugar donde desaparezco y a veces se con, con, convierte en mi hogar, en mi casa —me contestó mientras se rascaba varias veces la nariz.

—¿Tu casa? —sonreí.

—Sí, ¡ya!, allí donde me siento segura, el problema es que cada día es más pe, pe, pequeño.

—¿El sombrero?

—Sí, claro... También po, podría ocurrir que sea mi cabeza la que crece, pero la he medido y no, en este caso es el sombrero el que se hace cada día más pequeño. Pe, pe, pero solo por dentro, por fuera siempre está igual, claro.

Silencio.

Con el paso de los días fui entendiendo mejor el mundo de aquella niña. Comprendí también que aquel sombrero era la madriguera de una Alicia que necesitaba encontrar un mundo distinto, aunque no fuera maravilloso, solo con que fuera un poco mejor que el real le bastaba.

—¿Y qué hay dentro? —le pregunté.

—To, todo lo que no hay fuera... —me sonrió—. Ahí dentro tengo una cabeza normal, sin cicatrices, con una melena larga, muy larga, de esas rizadas y preciosas. A veces soy rubia, a veces ¡ya! soy morena, ¡vale! incluso una vez ocurrió que tenía el pelo rojo.

»Ahí dentro pa, paseo por la calle sin que nadie se fije en mí... no estoy enferma. Ahí nadie me señala con el dedo, ni co, con la mirada, ni co, con los pensamientos.

»Ahí dentro también voy al colegio, a muchos. Pe, pero en esos colegios los compañeros no se ríen de mí. Nadie me hace daño porque tengo amigos.

Suspiró.

Y yo apreté tanto mis labios contra los dientes que comencé a sangrar por el corazón.

—Ca, cada día aquí dentro —dijo señalando el sombrero— hay un mundo distinto. Hoy, por ejemplo, he estado en un lugar donde nadie ¡*mierda!* se fijaba en mí. Aquí dentro to, todos somos diferentes, por eso nadie se mete conmigo.

—Bueno, en el mundo exterior —iba a añadir, en el real— también somos todos diferentes.

—Sí, pero unos somos más diferentes que, que otros.

*   *   *

Imaginé lo que habría tenido que pasar aquella niña durante su infancia: sus tics nerviosos, sus convulsiones en los hombros, ese rascarse continuamente la nariz, su tartamudeo al hablar, los dedos, su silla de ruedas...

Nos quedamos en silencio durante unos minutos.

—¿Estás ya mejor? —le pregunté.

—¿Mejor? —se rascó varias veces la nariz.

—Sí, por lo de ayer, me diste un buen susto.

—Ah, sí, gracias, me ha bajado el dolor, el sombrero me ayuda mucho.

No supe qué responder a eso.

Y de nuevo se instaló el silencio entre las dos.

No sabía cómo comenzar la terapia, aquella niña era tan diferente a todo lo que me había ocurrido hasta ahora...

Soy psicóloga especializada en enfermos terminales, me he pasado muchos años ayudando a las personas a asumir la muerte, pues nadie nos prepara para eso. Desde que nacemos la muerte se convierte en un tabú, se evita, no es un tema común en las conversaciones familiares, y mucho menos cuando hay niños delante. No nos educan para entender que la muerte forma parte de la vida.

Y si para las personas sanas ya es complicado tratar el tema, para un enfermo terminal lo es mucho más: deben asumir que el final les llegará antes de lo esperado. Si a eso añadimos que su calidad de vida se va reduciendo: más dolor, menos autonomía, menos actividad social...

Mi trabajo consiste en acompañar al paciente en todo el proceso desde la aceptación hasta el duelo, pasando por las preguntas más difíciles de responder: *¿Por qué me ha tocado a mí? ¿Por qué yo? ¿Qué he hecho?*

—Luna, estoy aquí para ayudarte, si tú quieres, claro. Pero te pido que seas sincera, te pido que me digas cómo te sientes, qué piensas de todo lo que está ocurriendo, cómo te afecta, si haces cosas como lo del sombrero simplemente para evadirte de la realidad... me gustaría saber la verdad.

—¿La verdad? ¿Qué verdad? —me preguntó sorprendida, abriendo los ojos tanto que pensé que se le salían. Se volvió a rascar la nariz.

—No te entiendo, no sé, la verdad...

—Pero hay muchas verdades, ¿cu, cuál de todas quiere saber? ¿La mía? ¿La suya? ¿La de los médicos o la de la mujer que ahí fuera le ha preguntado si es mi madre?

—¿Cómo sabes eso? ¿Cómo has podido oírlo desde tan lejos? —le pregunté.

—No tiene ningún mérito, es una larga historia... Pa, pa, para esa mujer usted es mi madre, y esa es su verdad. ¿Qué, qué verdad quiere saber?

—La tuya —le contesté.

—Está bien, pe, pero solo si me promete una cosa.

—Dime.

—Cu, cuando le diga mi verdad, no se irá co, como los demás psicólogos, no me dejará de nuevo aquí, sola. No se reirá de mí, ni tampoco se enfadará co, conmigo, no pensará que estoy loca... Cu, cu, cuando le diga mi verdad la conversación acabará. Después usted se irá a casa. Hoy no me juzgará. Podrá hacerlo mañana, pero no hoy. Y mañana volverá, aunque solo sea pa, para despedirse de mí, volverá.

Acepté sus reglas.

—Vale.

—Vale —contestó ella. Se rascó la nariz. Seis veces.

Y los siguientes minutos fueron los más surrealistas de toda mi vida.

* * *

Polonia

Una mujer continúa sosteniendo una taza entre las manos, intentando asimilar lo ocurrido. Al final solo se le había caído el abrigo al suelo, nada más.

Es cierto que después de conocer a Luna, le es complicado no buscar mil explicaciones a cada cosa que ocurre, pero al final la realidad acaba imponiéndose.

Piensa en ese país de las maravillas que la niña se había inventado. Sabe que no hubo mala intención, que nunca quiso engañarla, porque Luna se creía todo lo que decía, era su verdad. El único problema es que esa verdad, fuera de su mundo, se convertía en mentira.

Y aun sabiendo eso, ahí estaba ella ahora, persiguiendo a una niña en un rincón del norte de Europa, en Polonia, intentando demostrar esa mentira.

* * *

—La verdad... La verdad es que cuando me meto en el sombrero puedo vivir la vida de otras personas —me dijo.

Y lo dijo sin inmutarse.

Sin sonreír.

Sin modificar la expresión de su rostro. Como quien dice la verdad.

—¿Qué? —contesté sorprendida.

—Es una forma muy resumida de decirlo, claro.

Silencio. Por un momento intenté observar en su rostro alguna expresión cómica, algún tipo de truco, la típica broma a la psicóloga nueva, pero no.

—Cuando entro aquí —y en ese momento introdujo su cabeza totalmente en el sombrero—, puedo entrar en otras vidas: soy capaz de escalar montañas, de bucear en el mar, de correr bajo la lluvia por el bosque... Puedo cruzar los ríos saltando de piedra en piedra, esquiar e incluso, un día, me lancé desde un paracaídas... estábamos cerca de la playa, casi aterrizo en el mar.

»Aquí dentro he bailado durante horas; he viajado por

muchos países, he recorrido una isla en bicicleta; he jugado a mil deportes: tenis, fútbol, béisbol... e incluso un día me vi con un balón de rugby en la mano. Aquí dentro me han abrazado como se abraza a alguien a quien se quiere y no solo como se hace con quien se muere. Aquí dentro me han besado mil veces, me he enamorado y, aunque parezca increíble, también se han enamorado de mí...

Y mientras Luna hablaba, se me iba encogiendo el corazón. Porque aquella niña no podía vivir la vida de otros, no podía meterse en cabezas ajenas... aquella niña simplemente estaba explicándome —quizás explicándose a sí misma— todo lo que una persona normal podía hacer, que era casi todo lo que ella no iba a poder vivir.

No era la primera vez que me encontraba con un comportamiento similar en un paciente terminal: inventarse una realidad era una forma de escapar de la propia.

Quizás alguien que no esté tan cerca de la muerte nunca pueda entenderlo, porque no somos conscientes de que lo tenemos todo. La mayoría de nosotros podemos salir a correr, aunque no lo hagamos; la mayoría de nosotros podemos cruzar un río saltando de piedra en piedra, aunque no lo hagamos; podemos pasear por la montaña y disfrutar de la naturaleza, aunque no lo hagamos... La mayoría de nosotros besaremos y seremos besados; sentiremos ese cosquilleo en el estómago ante una mirada, una caricia o unas palabras al oído; nos enamoraremos y tendremos la suerte de que alguien se enamorará de nosotros...

Pero, ¿cómo se defiende una mente cuando su cuerpo no puede hacer nada de eso? De la única forma que sabe: creyendo que ya lo ha hecho.

Luna continuó contándome todo lo que había vivido en el interior de su sombrero hasta que, de pronto, se quedó en silencio. Sacó lentamente su cabeza y me miró suplicándome una respuesta que le ayudara a mantener su mundo imaginario. Lo entendí.

—¿Y desde cuándo sientes eso, Luna? —le ayudé.

—Todo empezó después de la muerte de mi madre. A los po, pocos días co, co, comencé a sufrir *¡ya!* un dolor muy fuerte en la cabeza. Una mañana me desperté temblando. Pa, parecía que un gigante me estuviera aplastando el cráneo. Al abrir los ojos fue cuando me asusté de verdad: no veía nada. Pensé que me había quedado ciega, que el dolor *¡mierda!* se había llevado lo único que me quedaba.

Fue uno de los peores días de mi vida. Durante varias horas solo vi oscuridad. Después, po, poco a poco, co, comencé a ver sombras y, de pronto, noté algo. Era co, como si me hubieran salido unos ojos dentro de la mente. Fue por la noche cu, cuando, a oscuras, co, comencé a ver cosas que no había visto nunca.

* * *

—Co, comenzaron a llegarme miles de imágenes al interior de la cabeza. No po, podía mantener los ojos abiertos del dolor que tenía. Durante el día necesitaba estar a oscuras y aun así, lo peor siempre venía por la noche. En cu, cuanto me dormía co, comenzaba a soñar sin parar. Me despertaba, me volvía a dormir, me volvía a despertar, me volvía a dormir... ¿Y sabe lo más sorprendente de todo? A la mañana siguiente: recordaba casi todos los sueños.

»Durante los primeros ¡ya! días me volví loca porque mi cuerpo no era ca, capaz de distinguir qué era real y qué no. No distinguía si algo lo había vivido o lo había soñado.

»Co, co, comenzaron a medicarme sin saber muy bien lo que me estaba pasando: había días que no era ca, capaz de levantarme de la cama, apenas podía moverme... Al final, tras muchas pruebas, llegó la explicación: tenía un tumor en el cerebro... Pero yo sabía que no podía ser solo eso, lo que me pasaba en realidad era que toda la energía de mi cu, cuerpo se la llevaba mi mente, po, porque estaba viviendo la vida de muchas otras personas.

Mientras la escuchaba me temí lo peor. Según los últimos informes había llegado a esta fase donde el tumor comienza a adueñarse de todo: de los recuerdos, de las vivencias..., incluso de la realidad.

Un cáncer en la cabeza puede provocar depresión, alucinaciones, paranoias en diversos grados... Incluso recordé un caso de un tumor que se instaló en una zona crítica responsable del procesamiento del sonido. La mujer era incapaz de distinguir las voces exteriores de sus propios pensamientos. También se habían dado casos en los que un tumor había cambiado la personalidad del paciente.

Y claro, si todo eso podía ocurrir en personas normales, qué podría pasar en una niña superdotada como Luna.

Me asusté, pero intenté que ella no lo notara. Quería comprenderla, quería saber qué sentía.

—¿Cómo te llegan esos recuerdos? —le pregunté.

—Co, como una energía... es co, como una corriente de frío o de calor. No sé explicarlo.

—¿De dónde viene esa energía? —le insistí.

—Creo que de todos los sitios y de ninguno. No he sido ca, capaz de encontrar un inicio, igual que creo que no habrá un final. Solo puedo detectar que ha pasado por mí.

Se quedó mirándome.

—Siento no po, po, poder explicarlo mejor.

Se rascó varias veces la nariz y continuó hablando.

—Después de unos meses, me convencí de que yo no po, podía tener tantos pensamientos, no podían ser solo míos, yo no había vivido todo eso. Tenían que ser de otras personas, pero no míos.

Me quedé en silencio.

—Bueno, esa es mi verdad.

No dije nada. Cogí mi bolso y metí en él toda la documentación.

—Muchas gracias, Luna, gracias por contarme tu verdad —le dije dándole un beso en la frente.

—Hasta mañana —me dijo.

—Hasta mañana.

Tal y como le había prometido salí de la habitación sin hacer preguntas, sin juzgarla. Fue ya en el pasillo, fuera de su vista, cuando comencé a llorar.

Tenía ganas de irme a casa y quedarme allí, refugiada en mi sofá toda una vida, pero había quedado con la directora del hospital. Teníamos una reunión para ver cómo habían ido los dos primeros días. Es cierto que en su momento ya me había dicho que debía tener paciencia, que Luna era especial, diferente... pero ahora me daba cuenta de que había muchas cosas que no me había contado.

Atravesé varios pasillos y llegué a su despacho. Toqué dos veces la puerta y tras escuchar un adelante, pasé.

*   *   *

Polonia

Una mujer recorre la tarde que enseguida es noche en esa ciudad. Hay momentos en los que, al girar una esquina, al observar una fachada o al pasar por una plaza, siente que ha estado ahí alguna vez. Es una sensación que no le gusta, sobre todo porque no la entiende. *La realidad debe seguir unas reglas*, piensa.

Por eso busca una explicación que lo coloque todo en su sitio: ha estado mucho tiempo estudiando la ciudad desde su ordenador, ha mirado guías turísticas, mapas, páginas en las que se recomendaban lugares típicos... y quizás de forma inconsciente su cabeza ha almacenado imágenes que ahora relaciona con la realidad.

Busca la localización de uno de los restaurantes más recomendados en esas guías. Está especializado en sopa de remolacha y *Pierogi*, un tipo de empanadilla hervida típica del país.

Tarda unos quince minutos en llegar al local que, a pesar de la lluvia, está muy concurrido.

Entra y se sienta en una mesa libre que hay justo al lado de la ventana, como a ella le gusta. Pide el menú típico y mientras espera consulta de nuevo el móvil para ver el tiempo que hará al día siguiente: lloverá.

Y aun así volverá al colegio.

Mientras la mujer cena, fuera, un hombre permanece observándola protegido en un portal.

Durante unos instantes ha tenido la tentación de entrar, sentarse junto a ella y enseñarle la fotografía que lleva escondida en la cartera, esa que le llegó hace unos días en un sobre extraño. Pero eso lo estropearía todo. Sería demasiada casualidad encontrarse en dos sitios tan diferentes en tan poco tiempo. Tendrá más sentido volver a hacerlo mañana en la misma cafetería, suponiendo que ella vuelva.

Aun así, aun a pesar de que no va a entrar, decide permanecer allí para averiguar dónde se aloja. O simplemente para poder volver a verla.

* * *

En el despacho de dirección de un hospital hay una mujer a la que le gustan las pequeñas cosas de la vida, como que al abrir un huevo aparezcan dos yemas, que una planta casi muerta reviva o que el ascensor esté en su rellano cuando lo llame.

Detesta en cambio esos lápices que tienen la mina rota por dentro y cada vez que les hace punta se rompen; que alguien se deje un cajón abierto o que la gente entre en su despacho sin llamar.

Por eso sonríe al escuchar dos golpes en la puerta.

Adelante, dice.

* * *

Entré en el despacho de la directora del hospital.

—Hola —la saludé.

—Hola, hola... —me respondió mientras me indicaba que me sentara.

Era una estancia mediana, aséptica, casi franquiciada.

—¿Qué tal con Luna? —me preguntó.

—La verdad, no sabría muy bien qué decir —le confesé.

—Eso ya es algo —comenzó a reír.

—No sé, es difícil de explicar. Usted conoce a Luna desde hace tiempo, ¿verdad?

—Sí, lamentablemente desde hace bastante tiempo. Y lo digo así porque en un hospital cualquier medida de tiempo siempre es demasiado tiempo.

—Y sabe si... —no tenía muy claro cómo expresarlo— si le ocurre algo en la cabeza...

La mujer me miró fijamente.

—No está loca si es a lo que se refiere —me contestó con un semblante un poco más serio.

Me avergoncé al instante de haber hecho la pregunta.

—No, no me refiero a eso, me refiero a si el tumor, de alguna manera, ha podido afectarla.

—Sí, le entiendo. Como ya sabrá un tumor en el cerebro puede dejar muchas secuelas... Y si a eso le sumamos la cantidad de medicación que toma... —la mujer se volvió a relajar en el sillón—. Aun así, independientemente de todo eso, creo que Luna siempre ha tenido un mundo propio. Es una niña especial. Le aseguro que es la niña más inteligente que he conocido en mi vida. Y eso hace que tenga una imaginación... digamos extraordinaria.

—Me ha dicho que puede... —me quedé a mitad de la frase porque hasta diciéndola yo resultaba increíble.

—Que puede meterse en la mente de otras personas, que puede vivir otras vidas... —me interrumpió ella sonriendo.

—Sí, exacto.

—Bueno, tampoco hay que darle más importancia de la que tiene. Esa niña vive una vida que muchos adultos no habrían soportado ni una semana, al final su mente necesita una realidad por la que escapar. Imagínese las veces que se habrá hecho la pregunta ¿y por qué a mí?

Por eso hay que intentar entenderla. ¿Qué más da si dice que puede leer el pensamiento? ¿O si mañana dice que puede volar? ¿O si la semana que viene nos da la noticia de que es capaz de hablar con los animales?

Suspiró.

—A mí, al principio, también me extrañó todo lo que era capaz de hacer. Le confieso que llegué a creerme que esa niña tenía poderes. Incluso llegué a creer que podía leer la mente, algún tipo de telepatía... —Se levantó y comenzó a andar por el despacho.

»Pero poco a poco me di cuenta de que todo eran trucos, buenos, muy buenos... pero trucos. Es una niña muy inteligente, nunca la subestime. Es capaz de hacer cosas que parecen magia, pero siempre hay un truco detrás. Si su salud le hubiera dejado dedicarse profesionalmente a eso, sería una de las mejores ilusionistas del mundo. Y más aún desde que llegó aquel niño mago del que se enamoró.

—¿Un niño mago?

—Sí, entre los dos hicieron cosas impresionantes: escapismo, desapariciones, juegos mentales... cosas realmente buenas. Por ejemplo, tenían un número genial... —comenzó a sonreír—. Uno de ellos se metía en la habitación de un paciente y movía una parte del cuerpo. Desde otra habitación otro paciente lo imitaba. Increíble.

Se sentó sobre la mesa, justo a mi lado.

—Hasta que un día pillamos el truco, bueno, lo pillé yo, pero no dije nada porque era muy bueno. También les pillé otros trucos como el de adivinar siempre la medicación que le tocaba a cada paciente... o ese en el que Luna decía el nombre de una persona y a los pocos minutos aparecía por el pasillo o entraba en la habitación... —sonrió.

Volvió a caminar por el despacho y se sentó de nuevo en la silla.

—Eso sí, tengo que confesarle que me quedé con las ganas de saber en qué consistía el Super Gran Truco Final. Bueno, en realidad nos quedamos con ganas de saberlo todos los que estamos en el hospital.

—¿Qué? —le pregunté.

—El Super Gran Truco Final... —suspiró—. Aquel niño mago se pasó los cinco últimos días de su vida sin dormir una sola hora, ni una sola hora. Estuvo preparando un truco que según él iba a ser lo mejor que habíamos visto nunca.

»Lamentablemente nunca llegó a hacerlo. Aquí la muerte no distingue entre personas normales y magos.

—Lo siento.

—Fue duro. Toda muerte es dura, pero la de un niño siempre afecta de una forma diferente. Pero bueno... como le he comentado, cualquier cosa que le sorprenda de Luna siempre tiene truco. Y si no lo ve, pregúnteme.

En ese momento recordé la frase que me dijo el primer día. *Tú y yo tenemos el mismo dolor.*

—Hay una cosa que me gustaría preguntarle. Verá, hace unos años ocurrió algo muy duro en mi vida: perdí a mi hijo en un accidente de coche.

—Vaya, lo siento, lo siento mucho. No sabía nada —me dijo alargando su mano para coger la mía.

—La noticia no salió prácticamente en ningún sitio, lo llevamos en la intimidad de la familia. Pero el primer día que Luna me vio me dijo: *tú y yo hemos sentido el mismo dolor, el de una pérdida.* Una frase que daba a entender que ella lo sabía. Pero es imposible porque no ha aparecido en ningún lugar, lo he revisado.

La mujer se quedó mirándome con una pequeña sonrisa.

—Bueno, eso podría explicárselo yo.

* * *

Polonia

Una mujer está en un restaurante de Polonia donde ha probado varios platos que juraría que no conocía pero que al introducírselos en la boca le han llenado de recuerdos. No lo entiende, y eso le molesta.

Se toma lentamente un té mientras observa cómo fuera ha comenzado a nevar débilmente.

A unos metros, protegido en un portal, un hombre continúa esperando a que la mujer salga.

Le gustaría observarla de cerca pero de momento hoy se va a conformar con ver qué hace con el paraguas: cuántas veces lo abre y lo cierra. Mira alrededor.

Y la mujer sale del restaurante. Y abre el paraguas.

Y lo vuelve a cerrar. Y lo abre de nuevo.

Y en su mente tiene la intención de cerrarlo otra vez pero se fuerza a no hacerlo. *Estas manías me las tengo que quitar,* piensa.

Se abrocha hasta arriba el abrigo, da varios pasos y rápidamente, como si no fuera ella quien lo hace, cierra y abre el paraguas.

Mira alrededor, la calle está cubierta de un pequeño manto blanco. Comienza a caminar.

El hombre la sigue hasta que la mujer llega al hotel.

* * *

—No lo entiendo, dígame, ¿cómo ha podido saberlo? —le pregunté nerviosa.

—Se lo explicaré contándole una pequeña historia —me dijo la directora del hospital—. Creo que la leí en un libro, o quizás la escuché en la radio, no lo recuerdo. El caso es que un día se declaró un gran incendio en una nave industrial y el fuego se propagaba rápidamente.

»A los pocos minutos llegaron los dos primeros camiones de bomberos que comenzaron a enfriar la nave por fuera mientras varios hombres se preparaban para entrar. Cuando ya estaban en la puerta, a punto de tirarla abajo, el jefe comenzó a gritar: "¡Fuera, fuera, fuera todos ya de ahí! ¡Ya, fuera!".

»Los hombres, extrañados, se quedaron parados justo en la entrada, sin saber qué hacer.

»"¡Fuera, fuera!", insistió.

»Y los bomberos, ante la insistencia del mando superior, se alejaron rápidamente de la nave.

»A los pocos segundos esta colapsó.

»Aquel hombre acababa de salvar varias vidas.

Nos quedamos en silencio, no acababa de entender lo que me quería explicar.

—Supongo que ahora usted me preguntará qué tiene que ver eso con Luna, ¿verdad?

Asentí.

—La intuición —me dijo mirándome de nuevo a los ojos—. Aquel hombre, por supuesto, no podía adivinar el futuro, pero había visto tantos incendios en su vida que nada más llegar al lugar comenzó a analizar datos en su cabeza. Vio lo mismo que los demás, pero él pudo juntar toda la información: la velocidad del viento, el color y la intensidad de las llamas, la disposición del lugar, la estructura del edificio... Intuyó que la nave iba a colapsar. Cuando le preguntaron por lo sucedido contestó que simplemente lo vio.

—Entiendo —le dije.

—Luna es una niña con un cerebro privilegiado, es capaz de recopilar datos a una velocidad increíble, tiene una espectacular memoria fotográfica. Registra y recuerda todo lo que ve. Piense en todos los rostros, expresiones, gestos... que esa niña ha visto durante su vida visitando hospitales. Ha estado más cerca del dolor que cualquiera de nosotros, por eso creo que es capaz de distinguir cada matiz del mismo.

Se quedó en silencio.

—Aquí la muerte nos visita cada día, y ella ha sido testigo de algunos de esos momentos en los que hemos dado la fatal noticia a los padres, a un hermano, a una abuela, a un hijo... Por eso puede averiguar muchas cosas en un pequeño gesto. No es magia, es una intuición extremadamente desarrollada.

—No lo había pensado así...

—¿Alguna cosa más que desee saber? —me preguntó.

—Sí, Luna tiene un enorme mapamundi en la pared, quizás es el más grande que he visto nunca, con muchas chinchetas sobre determinadas ciudades o países, ¿qué significan? ¿Ha estado en ellas?

—Creo que dentro de su sombrero sí —sonrió.

* * *

—¿En su sombrero?

—Sí, ahí sí, pero en la realidad no ha ido a demasiados sitios. De todas formas, le encanta viajar y salir de aquí es lo primero que le pedirá si mañana vuelve a verla.

—¿Puedo? ¿Es decir, puede salir?

—Bueno, depende de muchos factores. Si ese día no tiene ningún tratamiento, si se encuentra bien, si no hay peligro, si puede llevarla en silla de ruedas y si el lugar al que puede ir es factible, claro.

—¿Factible?

—Sí, vamos, si se puede ir. Me ha pedido ir a lugares como México, Japón, Corea, Italia...

—¿Qué? —me quedé sorprendida.

—Sí, y lo dice en serio, muy en serio.

—¿Pero para qué?

—Nunca me lo ha dicho, y yo tampoco he insistido. Luna es así, ella decide si te cuenta algo o no.

—¿Y han ido a algún sitio?..., quiero decir, juntas.

—Bueno, si es viable, si es posible, alguna vez lo he hecho, por ella. Pero nunca he entendido para qué vamos a esos lugares, no sé muy bien lo que busca...

Se quedó en silencio, pensando.

—La última vez que viajamos fue hace unos meses. Recuerdo el momento en el que me lo pidió... Aquel día yo tenía también el turno de noche. Al entrar en el hospital pasé por su habitación a saludarla y me la encontré como siempre, sentada sobre la cama, con el sombrero puesto y tecleando en el ordenador. Estaba tan excitada que creo que ni siquiera me vio pasar. Parecía que se había tomado todo el café del mundo.

»Serían algo así como las tres de la madrugada cuando apareció como un fantasma ahí, bajo la puerta. Iba en pijama, descalza y con el sombrero puesto. Casi me da un ataque al verla en el silencio de la noche.

* * *

Varios meses antes

A las 3.04 de la madrugada de un martes, una niña salta de la cama para dibujar, nerviosa, un símbolo de infinito en una pizarra que tiene escondida detrás de la puerta.

Con un sombrero sobre su cabeza y el pijama gris de siempre, sale de su habitación y comienza a casi correr por el hospital, sin silla de ruedas. Va descalza porque no quiere alarmar a nadie. *Acaba de ocurrir, acaba de ocurrir, ha dibujado el símbolo*, se dice a sí misma.

Cruza su pasillo en silencio. Abre unas puertas de emergencia y llega hasta el bloque de dirección.

Se acerca lentamente y, como un fantasma, se queda de pie en la puerta del despacho de la directora.

La mujer que está dentro, al verla, grita.

—¡Qué susto me has dado, Luna! ¿Qué ocurre?

—Necesito ir a un sitio —contesta nerviosa la niña.

—No te entiendo, ¿ahora? ¿Necesitas ir a un sitio? ¿Adónde? ¿Al baño?

—No, no, no, no... necesito ir a este sitio —le dice mientras le muestra un papel con el nombre de una ciudad.

* * *

Polonia

Ha vuelto a amanecer lloviendo.

Las gotas golpean suavemente sobre la ventana de una habitación donde una mujer se acaba de despertar temblando: hacía ya tiempo que no tenía esa pesadilla.

Siempre empieza igual: camina sin saber muy bien por dónde y, de pronto, se rompe el suelo. Es entonces cuando cae hacia ninguna parte: es una caída rápida pero eterna, porque por más que ve el final nunca lo alcanza. Siempre se despierta justo en el momento en que va a tocar el fondo. Recuerda ahora una de esas preguntas extrañas que solo Luna podía hacer. *¿Por qué uno nunca muere en sus sueños?* Al final era ella misma quien se respondía: *Uno nunca muere en su pesadilla porque la conciencia siempre lo despierta a tiempo.*

Hoy la mujer no irá al colegio a primera hora, pues sabe que ahí, en la entrada, tendrá muy pocos segundos para verla, y con la lluvia quizás ni eso. Se imagina el coche aparcando justo en la puerta y la niña entrando directamente. Piensa que será mejor volver a intentarlo a la salida, allí tendrá más tiempo para observarla ahora que ya sabe que la pequeña se queda esperando tras la valla.

Ha decidido aprovechar la mañana para hacer turismo por la zona. A unos treinta minutos se encuentra un lugar que la atrae desde que lo descubrió en internet: el Molo, el muelle de madera más grande de Europa, un pasadizo que se mete hasta las entrañas del mar.

No sabe si será capaz ni siquiera de pisarlo, y aun así necesita ir a verlo. Desde pequeña ha tenido una relación extraña con el mar: le encanta y a la vez le da pánico. Podría pasarse una vida entera paseando por la orilla de la playa pero sería incapaz de meterse en el agua más allá de las rodillas.

Coge un coche de alquiler y se dirige hacia ese lugar. Tras unos veinte minutos recorriendo una misma carretera llega a un pequeño cruce. Se desvía a la derecha y atraviesa varias calles para llegar a un aparcamiento que en otra época del año estaría atestado de coches, pero en el que ahora mismo no hay casi nadie.

La lluvia se ha vuelto débil, como una pequeña cortina de vaho que cae lentamente a su alrededor.

Sale del coche, abre el paraguas y comienza a andar por una gran plaza semicircular, vacía. Alrededor observa varios restaurantes y tiendas, todos cerrados.

Llega al inicio del muelle: una gran plataforma de madera situada aún sobre la arena.

Hay algo en el lugar, y quizás también en el momento, que le suena familiar. Y eso le preocupa, pues sigue sin gustarle esa sensación que la acompaña desde que llegó.

De pronto, sin ninguna razón aparente, tiene miedo; miedo a nada en particular, pero esa falta de motivo no evita que su cuerpo empiece a temblar.

Respira profundamente.

Camina hasta que se sitúa sobre la parte estrecha del muelle, justo cuando este comienza a adentrarse en el mar.

Mira hacia el horizonte y suspira.

¿Cómo se discute con el miedo?

* * *

—Luna apareció en plena noche, descalza y con un papel en la mano, en él había escrito el nombre de una ciudad.

—¿Y qué ocurrió? —le pregunté.

—Bueno, pues que al viernes siguiente nos fuimos las dos a esa ciudad —sonrió—. Me insistió tanto que no pude decirle que no. Estaba tan emocionada. Pensé que a aquella niña ya le quedaban pocos momentos de felicidad.

Como siempre, Luna me hizo prometer que no le iba a preguntar por qué íbamos allí, solo necesitaba que la acompañara.

Y le puedo decir que a día de hoy aún no sé para qué fuimos, pero entre todas las opciones que me había estado planteando con anterioridad: Japón, Australia o México, aquella era, sin duda, la más cercana. El destino estaba a unas cinco horas de aquí.

Durante el viaje hablamos del mundo, de la soledad, del amor, de la vida, y también de la muerte, porque eso es algo que los niños como Luna siempre tienen cerca.

Entre todos los lugares que quería visitar en esa ciudad

había insistido en ir a un parque. Lo extraño es que era un parque donde apenas había nada, el típico lugar donde van las madres a pasear sus bebés en los carros: algún columpio, una cafetería y poco más.

Llegamos ya tarde y nos fuimos directamente al hotel. Aquella noche nos contamos mil cosas, hablamos de muchos de los pacientes, de las manías de cada uno de ellos... fueron momentos muy bonitos.

Al día siguiente se levantó con una energía increíble, nunca la había visto así. Se arregló, se puso guapísima, era como si se hubiera olvidado de que estaba muriéndose. Lo primero que hicimos después de desayunar fue ir a ese parque.

Estuvimos paseando por allí casi una hora, creo que le dimos más de seis vueltas, parecía que buscaba algo pero que no podía encontrarlo. Finalmente me pidió que nos detuviéramos a descansar en una pequeña cafetería que había en el centro del parque, al aire libre.

* * *

Seis meses antes

Exactamente a las 11.24 Luna y la directora del hospital se sientan en una pequeña cafetería situada en el interior de un parque.

A su alrededor todas las mesas están vacías a excepción de dos: en una hay un hombre mayor leyendo el periódico y en la otra una mujer joven acompañada de su hijo, un pequeño de poco más de un año.

A los dos minutos llega un camarero que ayer conoció a una chica de la que se enamoró, durante todo el día no ha dejado de pensar en ella.

La doctora pide un café y Luna, un refresco.

El niño corretea por los alrededores mientras su madre mira el móvil.

Justo cuando el camarero regresa con la bandeja el pequeño se cruza con él y ambos tropiezan aunque ninguno cae al suelo. El camarero, en otra ocasión, se hubiera enfadado... pero ayer conoció a una chica y eso lo cambia todo, sonríe.

El niño continúa corriendo por los alrededores hasta que hay algo que le llama la atención: una niña sentada en una silla extraña, una silla con dos enormes ruedas. Se acerca a ella y ambos se miran.

Luna le sonríe y lo observa fijamente. Tiene todo el cuerpo cubierto de pecas, muchísimas. Se fija en su rostro, en sus manos, en sus brazos... parece como si alguien hubiera sacudido sobre el niño un confeti de lunares.

El pequeño también sonríe.

Luna le saca la lengua para hacerle burla.

Él se vuelve a reír. Y eso le da la confianza suficiente para acercarse aún más a ella.

Luna le vuelve a sacar la lengua.

Y hasta la directora, al ver la situación, sonríe.

—Cariño, no molestes —le dice la madre al pequeño.

—No, no, no se preocupe —le contesta Luna—, me encantan los niños, tengo dos primos de esta edad y me encanta jugar con ellos.

La mujer sonríe y continúa mirando el móvil.

Es la directora quien no acaba de entender lo ocurrido, pues Luna no miente nunca: no tiene ningún primo.

La niña le indica al pequeño que se acerque, y este lo hace. Y ambos se sitúan frente a frente, a apenas un metro de distancia.

En ese momento Luna estira sus brazos y abre totalmente las manos. Al niño le llaman la atención esas manos sin dos dedos completos.

Y lo que ocurrirá a partir de ese momento será algo tan especial que solo Luna podrá comprenderlo.

Para cualquier espectador podría ser una situación embarazosa, en cambio para la niña se convertirá en lo más maravilloso que ha vivido desde hace mucho tiempo.

* * *

Polonia

Una mujer suspira, aprieta el paraguas y cierra los ojos durante unos instantes para escuchar el sonido del mar golpeando el muelle.

Se dice a sí misma que va a intentarlo.

Da unos pasos y se detiene. Demasiado viento.

Decide cerrar el paraguas, tiene miedo de que una ráfaga se lo lleve y ella vaya detrás.

Unos pasos más.

El mar sigue golpeando la estructura bajo sus pies.

La mujer observa los bancos que hay distribuidos a lo largo del Molo, el primero está a apenas unos veinte metros. Ese será su límite, al menos hoy.

Desearía llegar al final del muelle y una vez allí asomarse a ese gran balcón en el mar. Desearía hacerlo para demostrarse que es capaz de sanar sus propios miedos. *Una psicóloga que no puede curarse a sí misma*, se dice.

Llega temblando hasta el primer banco.

Y rápidamente se sienta, agarrándose a él como si fuera un salvavidas.

A lo lejos, en la playa, un hombre con una gabardina negra pasea por la orilla entre el viento y la lluvia.

Ella no lo ha visto. Él a ella sí.

La observa desde lejos.

* * *

Seis meses antes

En la cafetería de un parque, una niña llamada Luna extiende sus brazos y abre sus manos, mostrando sus cuatro dedos y medio en cada una a un niño que tiene una primera reacción extraña, muy extraña.

El niño extiende también los brazos y, torpemente, abre y cierra sus manos tres veces. Una, dos y tres veces. Justo tres veces. Algo totalmente incomprensible.

A continuación observa con sorpresa todos los dedos y parece detectar una anomalía en los índices. Lejos de asustarse, extiende también sus brazos y decide agarrar cada uno de esos medios dedos con sus pequeñas manos, quizás porque le parecen distintos, quizás porque piensa que son del mismo tamaño que los suyos... Una vez que los ha cogido, el niño cierra los ojos. Extraño.

Y así, ambos quedan unidos por las manos, supliendo las del pequeño los trozos de dedo que a Luna le faltan.

El niño no se suelta.

Luna no hace nada por separarse.

La madre, ajena a la situación, continúa mirando el móvil. La directora, en cambio, no sabe muy bien qué hacer, es un momento embarazoso; mira a Luna y se da cuenta de que le ocurre algo.

La niña está llorando pero intenta que la mayoría de las lágrimas caigan por detrás de sus mejillas, para que sean invisibles a las miradas. Nota cómo estas van recorriendo el interior de su piel, llegando hasta la garganta. Es allí donde se unen a una saliva que cada vez es más densa, como si estuviera formada por demasiados recuerdos. Y esa mezcla de sensaciones comienza a gotear ahora sobre su corazón. Es ahí cuando la felicidad le duele.

Tras casi un minuto, de pronto, el pequeño se separa asustado y se va corriendo hacia su madre.

Luna no volverá a ser tan feliz como ese día en lo que le queda de vida.

* * *

—Sé que allí ocurrió algo especial —continuó la directora—. No sabría decirle el qué, pero después de aquello Luna estuvo casi una hora sin hablar, apenas se atrevía a mirarme.

»Solo le puedo decir que intente comprenderla, es una niña especial que está viviendo una situación muy difícil.

¿Qué haríamos nosotros en su lugar? ¿Nos gustaría vivir en un mundo donde no sabes muy bien cuál de todas las enfermedades que sufres te matará primero? ¿No sería mejor crearse un mundo a medida?

Asentí.

Nos dimos de nuevo la mano y salí de allí comprendiendo un poco más el mundo de Luna. Cuando estaba en la puerta recordé que quería decirle algo...

—Una pregunta más, ¿por qué está en la planta de los adultos?

—Lo decidió ella, un día me dijo que así los otros niños subirían a verla, y eso, el hecho de ver a niños por la planta, les daría más vida a los ancianos.

Sonreí.

—Ah, una cosa —me dijo la directora—, seguramente le pedirá que le envíe cartas.

—¿Cartas? —pregunté.

—Sí, Luna tiene muchos, muchísimos amigos por internet, pero a veces prefiere enviar cartas en papel... es una nostálgica —comenzó a reír—. A veces se las da a la enfermera, a veces me las da a mí, igual también se las da a usted.

—¿Las envío?

—Sí, claro, claro, que no deje esa bonita afición.

* * *

Polonia

Una mujer se mantiene aferrada al respaldo de un banco mientras el mar golpea cada vez con más fuerza la parte inferior del muelle.

Mira hacia el horizonte y desearía tener el valor suficiente para llegar, al menos, hasta la siguiente farola, pero el miedo es superior a sus ganas.

Tras varios minutos de dudas, se levanta para volver sobre sus pasos. Mira hacia abajo, descubriendo la espuma de las olas a través de las rendijas que separan los tablones de madera del Molo.

Cuando por fin llega de nuevo a la parte que está sobre la arena, respira. Mira el alrededor y aunque sigue sin entender por qué le tiene tanto miedo al mar, sabe también que al día siguiente volverá a intentarlo, quizás unos pasos más, quizás hasta el siguiente banco.

Justo antes de darse la vuelta se da cuenta de que hay un

hombre paseando por la orilla: está solo y probablemente empapado, va sin paraguas.

A esa distancia es imposible que pueda relacionarlo con el hombre de la cafetería.

La mujer mira la hora: se ha hecho tarde.

Debe volver para que le dé tiempo a ir al colegio.

*　*　*

Anochece de nuevo en el interior de un hospital.

Todo permanece en silencio, la mayoría de cuerpos duermen a excepción de una niña que hoy, tras contar su verdad a la psicóloga nueva, se encuentra un poco mejor.

Ha vuelto a coger su pequeño botín: la colonia, los auriculares, las cerillas, la caracola, las galletas, las golosinas, la caja con arena... y algo nuevo: un pequeño caracol vivo que le ha conseguido Ayla y que ha metido en una cajita transparente con agujeros para que pueda respirar.

Se siente con fuerzas para recorrer varias habitaciones del hospital, incluso la 444, esa en la que, según se rumorea, ocurren cosas extrañas por la noche.

Comienza, como siempre, por la habitación de al lado. Allí, en mitad de la noche, permitirá que ocurra un encuentro excepcional.

Unos minutos más tarde llegará a la puerta con el punto rojo, entrará y hoy hablará con una mujer que estará despierta. En esa misma planta visitará alguna habitación más antes de subir a la tercera, la de los niños.

Una vez allí cambiará golosinas por pequeños papeles que encontrará debajo de las almohadas.

Se detendrá unos minutos en una especial, la de una niña que ha pedido poder ver un caracol de verdad. Le dejará la cajita allí, en la mesita, para que pase el día con él con la condición de devolverlo a su bosque al día siguiente.

Entrará, como cada noche, en la única habitación de la planta que a esas horas de la madrugada tiene luz. Después de hablar con el niño que solo duerme por el día, volverá al pasillo para coger el ascensor y subir a la cuarta planta.

Una vez allí entrará en la habitación 444.

Después regresará a su habitación, guardará los objetos en el armario y los papeles que ha ido recogiendo en la pequeña caja con forma de corazón. Se subirá a la cama, agotada.

Desde ahí observará los números que tiene apuntados en la pizarra situada detrás de la puerta. Memorizará los dos últimos, *igual hoy hay suerte.*

Sabe que lo que va a hacer a continuación es un delito. Pero a estas alturas de su vida no es algo que le importe demasiado. *¿En qué cárcel van a querer a un cuerpo al que le queda tan poca vida?*, sonríe.

Lleva muchos años paseándose por los rincones más oscuros de internet sin que nadie haya reparado en su presencia. Ha visto de todo, cosas que entiende, cosas que no entiende, cosas que le han emocionado, cosas que le han hecho vomitar, imágenes que le cuesta creer que sean verdad... Paseando por allí dentro ha descubierto los escombros de la humanidad.

Pero no es nada de eso lo que ella busca. Lo que busca es la representación real de lo que ve en el interior de su sombrero:

rostros, calles, objetos, edificios, matrículas, letreros... pistas que muchas veces no le llevan a ningún sitio, pero que en otras ocasiones la animan a escribir cartas. Cartas con el símbolo de infinito en el remite, cartas que llevan en su interior una realidad que no todo el mundo está preparado para entender. De hecho sabe que la mayoría acabará en la basura.

Durante los últimos años ha estado enviando cientos de cartas a gente que no conoce, esperando que algún día alguien le enviase una a ella, pero esa nunca le ha llegado.

En las últimas semanas ha encontrado una pequeña esperanza: nuevas pistas. Su principal problema es que ha pasado mucho tiempo y eso ha diluido los recuerdos, no es tan fácil atraparlos cuando están tan lejos.

Por suerte, últimamente ha soñado con ella, incluso la ha sentido dentro del sombrero. Le han llegado pequeños detalles: una plaza repleta de flores, el escaparate de una tienda de ropa con la fachada azul, calles muy estrechas y parte de la matrícula de un coche, esa en la que se indicaba el país al que pertenecía. *Esos detalles son los fundamentales*, se dice a sí misma.

Vio también el portal de un edificio, el modelo de ascensor y el idioma en el que estaba escrito el aviso de máxima carga del mismo, *más pistas*.

Y por último, desde la ventana de uno de los pisos, descubrió un monumento muy característico. Esa ha sido la pista definitiva.

Tras varios minutos buscando fotografías en internet ha localizado el país, la ciudad, la calle y hasta el edificio, el problema es que tiene demasiadas plantas. No será rápido.

Ahora debe conectarse a algún dispositivo electrónico dentro de ese edificio y así comenzar a buscar todo lo que vio en el interior de su sombrero.

En apenas unos minutos lo consigue: un portátil. Ya está dentro.

La parte física casi siempre es fácil, en cambio la otra, la sentimental...

Sabe que será una noche larga. Durará hasta que le pueda el sueño o hasta que el sombrero ya no le haga efecto.

* * *

Luna entra en la primera intimidad de la noche.

Es un portátil, está encendido y alguien lo está utilizando. En apenas dos minutos ya tiene acceso.

Desactiva las señales que puedan avisar al usuario de que ha encendido la cámara. Se prepara para ver cualquier cosa. Conecta.

Observa la cara de un chico de unos dieciséis años: gafas y cascos puestos. Se da cuenta de que está jugando a un juego.

El chico es demasiado mayor, no es él a quien quiere encontrar. Pero no abandona la conexión sino que continúa investigando, ese chico podría tener un hermano o una hermana de la edad que busca, unos cinco o seis años.

En apenas unos minutos revisa las imágenes guardadas en el ordenador del adolescente y llega a una carpeta que se llama *Family*. La abre. Y tras ver unas veinte fotos se da cuenta de que es una familia formada por cuatro personas: padre, madre y dos hijos. Pero su hermano es aún más mayor que él. No ha habido suerte.

Se desconecta sin que nadie se haya dado cuenta de que una niña se ha introducido en una vida ajena.

En unos dos minutos ya se ha conectado a otro dispositivo. En este caso un móvil. Accede a la cámara pero solo ve oscuridad. Se conecta al micrófono y escucha de fondo una película.

Rápidamente comienza a mirar las fotos del teléfono. Analiza sobre todo los selfis y en apenas diez segundos ya sabe la cara de, en este caso, la propietaria: mujer, de unos treinta años, con el pelo corto, los ojos azules y aparentemente sin hijos. Al menos no aparece junto a ningún niño en ninguna de las fotos.

Nada.

Se conecta ahora a un nuevo dispositivo: otro portátil.

Accede a la cámara y aparece un cuerpo desnudo que mueve rápidamente una de sus manos. Luna ya sabe lo que está ocurriendo, por eso decide apagar la cámara y ponerse a revisar fotos. Analizando diversos selfis descubre su rostro, demasiado joven para tener hijos y demasiado mayor para tener un hermano tan pequeño.

Se desconecta. Vuelve a probar.

Y en cuanto realiza la siguiente conexión sonríe, le ha tocado la lotería, es uno de esos hogares donde tienen un dispositivo tipo *Alexa*. Es la forma más rápida de conocer toda la intimidad de un hogar. Un dispositivo que almacena y graba todo.

Accede al micrófono y comienza a escuchar lo que ha ocurrido en la casa durante los últimos días.

Parece distinguir a un niño llorando. Se pone nerviosa.

Podría ser, podría haberlo o haberla encontrado. Le tiemblan las manos.

* * *

Polonia

Una mujer regresa de visitar el muelle de madera más largo de Europa y se dirige de nuevo a la ciudad.

Una vez llegue, comerá en el propio hotel y desde allí irá hacia el colegio. En cada calle, en cada esquina, se encontrará con recuerdos que nunca tuvo.

Continúa lloviendo.

Eso le ayudará a que nadie se dé cuenta de su presencia, pero limitará sus posibilidades. Al menos podrá centrarse en observar qué reacción tiene la niña si se le moja el pelo o si al ponerse nerviosa por algo le tiembla la mandíbula. El resto de detalles tendrán que esperar, pues son demasiado complicados.

¿Cómo averiguar si le gusta el olor a vainilla, si el amarillo en realidad es su color favorito, si adora los gatos o si le tiene pánico a las arañas?

Y así, con esos pensamientos, caminará hacia el colegio. Una vez allí, lo primero que hará será quedarse cerca de la valla, pero escondida bajo su paraguas.

El mismo hombre que hace unas horas paseaba por la playa, ahora ya está en los alrededores del colegio. En el interior de un coche, desde ahí observa a la mujer.

Saca una cámara de fotos.

* * *

Podría ser, podría haberla encontrado. Luna sonríe. Entra en varias carpetas y mira las fotos de la familia: padre, madre y una niña de unos seis años. Podría ser.

Intenta conectarse de alguna forma a las cámaras de los móviles para poder ver la casa, para poder ver la habitación. Pero nadie los mueve, todo está oscuro. Deben de estar durmiendo, sería lo lógico, es muy tarde.

Al menos ha encontrado algo. Podría ponerse a mirar fotos y vídeos pero su cuerpo ya no tiene energía.

Se quita el sombrero. Y justo en ese momento el cansancio le cae encima. No le da tiempo a dejar el portátil en el armario, lo abandona en el suelo.

Mañana continuará.

* * *

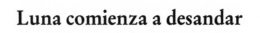

Luna comienza a desandar

Diez años antes. Luna comienza a desandar

La niña que nació sin llorar y hablando tres idiomas continúa creciendo. Apenas ha cumplido un año y ya camina perfectamente. Sorprenderá a todos con una agilidad demasiado desarrollada para su edad, pues durante su primer año y medio de vida aprenderá a nadar, a saltar alturas considerables y a correr a gran velocidad.

Será a partir de los tres años cuando todo eso cambie y comience a desaprender lo aprendido. Serán, al principio, pequeños detalles: dolores en las articulaciones, hormigueo en las extremidades, visión borrosa... a veces, sin saber muy bien el porqué, se le caerán las cosas de las manos; se trabará al pronunciar determinadas palabras; notará que su cuerpo se niega a hacerle caso a su mente o se caerá al suelo sin recordar con qué ha tropezado.

Llegará el día en que, después de varias visitas a hospitales y muchas pruebas médicas, unas palabras tan desconocidas como «esclerosis lateral amiotrófica» comiencen a serle familiares a una madre que, tras conocer la noticia, se hundirá los primeros días e intentará ser fuerte el resto de su vida.

Día 3. Hospital

Llegué al hospital por la tarde. Me habían avisado de que Luna se pasaba toda la mañana durmiendo porque necesitaba recuperar fuerzas. Lo que nadie me había contado es que, en realidad, se pasaba toda la noche despierta.

Llegué al segundo piso y saludé a la enfermera que estaba en recepción. Aquel día no había ningún lazo negro.

Al pasar por delante de la habitación que tenía el punto rojo en la puerta me encontré con la misma mujer del día anterior. Al verme, cogió el andador y se puso en medio del pasillo, cortándome el paso.

Le sonreí.

—¿Es usted la madre de Luna? —me preguntó.

—No, no soy su madre... —le contesté amablemente.

—¿Está segura? —insistió.

—Sí, sí, ya se lo comenté ayer.

—Ah, disculpe.

La mujer dio media vuelta y se dirigió hacia el interior de su habitación.

Supuse que tenía Alzheimer y que quizás confundía a la madre de Luna con otra persona. Pero su pregunta me hizo pensar en los padres de la niña. Los informes indicaban que su madre había muerto de cáncer hacía unos seis años, pero sobre el padre no decían nada.

Caminé hacia su habitación sin saber cómo empezar la conversación después de haberme confesado su verdad, esa verdad tan... tan increíble.

Desde lejos la mujer me gritó.

—¿Es usted la madre de Luna?

Simplemente le sonreí.

*   *   *

Y una anciana que ya no recuerda ni su propio nombre sonríe también sin distinguir muy bien si lo que acaba de vivir es presente o pasado.

En realidad sabe muchas cosas, su único problema es que no las recuerda. No recuerda, por ejemplo, que tiene una hija y un nieto al que hace ya demasiado tiempo que no ve. No recuerda tampoco nada de su alrededor, a veces ni siquiera sabe que está en un hospital, piensa que se despierta en su casa y por eso le extraña mirar por la ventana y no ver ese precioso patio con césped.

Sí que recuerda, en cambio, que detesta que le repitan las cosas varias veces o que le griten cuando le hablan, como si el no recordar algo implicase sufrir sordera.

Tampoco le gusta la persona que han contratado para cuidarla, sobre todo en el tema de la comida, pues la alimenta sin ganas, con asco. En ocasiones incluso le grita o si llega el caso, le pega. Y claro, luego ella nunca se acuerda de contarlo.

Hay días que le ha llegado a tirar la comida a la basura por puro odio. Eso hace que por las noches tenga hambre y le duela el estómago sin saber por qué, pues no lo recuerda. Tiene también momentos en los que, al no saber expresar lo que siente, se enfada, y grita, y ante la impotencia de no poder hacerse entender golpea a quien esté a su lado.

Sabe también, porque su mente ya lo ha relacionado, que tras un comportamiento así siempre llega una enfermera que le inyecta algo en el cuerpo y la calma, y se vuelve a sumergir en esa niebla que nunca acaba de irse del todo.

Lo más extraño de todo es que, en ocasiones, le llega un recuerdo nuevo, algo que no sabía. Siempre ocurre cuando esa niña del sombrero le hace una visita por las noches. Y quizás ocurre porque es la única persona que le cuenta cosas nuevas. Cosas como que perdió a su madre hace unos años, pero que sigue buscándola.

* * *

Polonia

La mujer observa cómo sale la profesora y detrás de ella todos sus alumnos, entre ellos la niña. Una niña que al instante
se separa de sus compañeros y se va corriendo hacia la valla.

Se queda allí, con las manos agarradas a los barrotes e intentando pasar su cabeza entre los mismos. Lleva el mismo
chubasquero amarillo del día anterior. Pero eso no prueba
nada.

Esta vez es la pequeña quien detecta a la mujer y se queda
mirándola fijamente, como si la conociera de algo. La maestra
se ha dado cuenta de que la niña está observando a alguien e
intenta adivinar quién es.

La mujer se asusta y se aleja hacia el otro extremo de la
calle, cerca del coche que sabe que va a recogerla. Dentro está
el mismo hombre del día anterior, a la espera de que madre y
niña se acerquen.

En apenas dos minutos llegan.

El hombre sale y coge en brazos a la pequeña para introducirla en el coche. Es justo en ese momento cuando se pone a llorar. Grita, patalea y quiere pegarle a un hombre que, tras varios intentos, la devuelve con su madre.

La madre la tranquiliza, la abraza, le acaricia el pelo, le susurra algo al oído... Y poco a poco consigue meterla en el asiento trasero.

El coche arranca y se van.

La mujer se queda allí, bajo la lluvia, intentando encontrar una explicación a todo aquello. Finalmente decide ir caminando hacia la cafetería, pues está muy cerca de su hotel y quién sabe, igual allí hoy puede descubrir algo más, quizás sea la propia niña la que entre en el local a tomar algo con su madre.

El hombre que ha estado vigilando a la mujer desde que ha llegado al colegio ha hecho varias fotos.

Y ahora tiene también la intención de ir hacia esa misma cafetería, pero lo hará en coche, para llegar antes que ella.

* * *

Ya estaba llegando a la habitación de Luna cuando, desde la habitación de al lado, una mujer mayor se acercó a mí.

—Anoche no vino mi marido —me dijo.

Durante unos instantes miré alrededor por si se había equivocado y se estaba dirigiendo a otra persona.

—Lo siento, no la entiendo —le contesté.

—Tampoco el niño vampiro —volvió a decir.

—Lo siento...

—Vaya... —me dijo con rostro triste—. Voy a preguntarle a ella. Y se metió en la habitación de Luna.

Me quedé fuera, a la espera, sin saber muy bien lo que le ocurría a esa mujer. Ambas estuvieron hablando unos minutos y al poco tiempo la anciana salió de allí con una sonrisa que no le cabía en la boca.

Sonreí yo también, solo por verla feliz.

Entré en la habitación y me encontré a Luna con un portátil en su regazo. Me saludó con la cabeza, pero no dejó de teclear.

—Un segundo —me dijo.

Comencé a colocar mis cosas en el escritorio y eché un

vistazo a la habitación. Observé la pizarra colgada detrás de la puerta. Me acerqué y descubrí unos números extraños.

—Hola —me dijo a los pocos minutos mientras cerraba el portátil.

—Hola —le contesté sin dejar de mirar los números, intentando encontrarle algún sentido a todas aquellas cifras.

Luna me observaba.

—¿Qué son? —pregunté.

—Números... —me respondió sonriendo—, pe, pero a su vez los números pu, pueden representar cualquier cosa: distancias, tiempo, dinero... en este caso son vidas.

—¿Vidas? —pregunté.

—Bueno... de momento solo son números. —Y volvió a sonreír.

Nos quedamos en silencio. Entendí que no iba a contármelo, por eso tampoco quise insistir.

—¿Qué piensa del otro día? —me preguntó—. Hoy puede juzgarme, ese fue nuestro pacto. Estoy preparada.

Había estado pensando durante la noche anterior cómo contestar aquello, sobre todo, después de hablar con la directora. En realidad no era nada difícil de explicar: había documentación sobre casos similares en pacientes con tumores cerebrales. Muchos de ellos habían tenido alucinaciones, trastornos de personalidad o directamente se habían inventado su propia realidad. Lo difícil era explicárselo a ella.

—Luna, en determinados casos un cáncer puede afectar a varias partes del cerebro con resultados imprevisibles: las consecuencias pueden ir desde ver visiones, sufrir esquizofrenia, tener depresiones... Depende de la intensidad del tumor, de la ubicación del mismo, de los tejidos que haya afectado... Sé que igual no te gusta lo que te voy a decir, pero creo que a ti te está ocurriendo algo así.

Comenzó a sonreír.

—Pe, pero eso es lo mismo que me han dicho los otros médicos, ¿no podría ser usted más original?

—¿Más original? —le contesté extrañada.

—Sí, claro. Por ejemplo, po, podría haber llegado aquí hoy diciéndome que, que en realidad no estoy enferma, que to, to, todo lo que me ocurre es porque vengo de otro planeta y mi cuerpo no se ha adaptado muy bien a la Tierra... —comenzó a reír.

—Pero eso sería mentira —le contesté seriamente.

—¿Seguro? Re, recuerde lo que hablamos el otro día sobre la verdad... ¿Qué es verdad y qué es mentira?

Nos quedamos mirándonos durante unos segundos.

—A mí me gustaría saber cuál es su opinión, no como psicóloga, sino co, co, como persona, ¿qué piensa de mí? ¿Estoy loca? ¿Para encerrarme mañana mismo?

Me sacó una sonrisa.

—Luna, en parte estoy de acuerdo con lo que han dicho los médicos, con la documentación, pero también pienso que eres consciente de que tú misma estás creando una realidad paralela, creo que es la forma en que tu mente se defiende de la muerte. Por eso estoy aquí, para ayudarte a que superes ese miedo a morir.

—Pe, pe, pe, pero yo no le tengo ningún miedo a la muerte —contestó sonriendo.

—Ah, no, ¿y por qué?

—Porque no voy a morir —me dijo.

Acabábamos de llegar a la siguiente fase de todo enfermo terminal: la negación. En realidad aquella niña, dentro de sus excentricidades, seguía comportándose como cualquier otro paciente en su misma situación.

—Luna, negarlo no es más que un sistema de defensa, al final lo mejor es asumir la verdad. Y yo estoy aquí para ayudarte.

—Esa es la verdad, yo no voy a morir. A lo único que le tengo miedo es al dolor. Eso sí que me molesta —me contestó mientras metía su cabeza en el sombrero.

La habitación permaneció en silencio: ella viajó a su mundo y yo me quedé fuera, en el real.

A los pocos minutos salió y me habló de nuevo.

—¿Podrías conseguirme un estuche de esos que tienen rotuladores de muchos colores? —me dijo.

—¿Qué? —contesté sorprendida.

—Sí, de esos en los que hay veinte, treinta, cu, cu, cuarenta rotuladores co, con, co, colores diferentes... cuantos más tenga mejor.

—No sé, no entiendo... —A veces me pillaban tan desprevenida sus preguntas.

—Si pu, pudieras conseguírmelo para hoy mismo. Mira —me dijo enseñándome el móvil—, a tres calles de aquí hay una tienda de esas que venden material de dibujo...

—¿Para qué son? —le pregunté.

—Para cu, cumplir un deseo... —Y supe que no me iba a contar nada más—. ¿Podrías?

—Está bien —accedí—, después iré.

—Genial, muchas gracias —me dijo acercándose a mí para darme un abrazo—. No hace falta que, que vuelvas a subir, déjalos abajo en recepción y Ayla me los traerá.

En ese momento apareció por la puerta la mujer mayor de la habitación de al lado, saludó a Luna y se volvió a ir.

—Luna —le comenté—, cuando he llegado esta mañana esa mujer me ha dicho que anoche no vino su marido...

—Es verdad, no vino.

—Pero, no lo entiendo, ¿viene por las noches? ¿De madrugada?

—Bueno sí, es una historia co, complicada. Él no puede venir por las mañanas.

—¿Trabaja? —insistí.

—No, ya no. Pe, pe, pero es difícil de explicar, solo puede venir por las noches, a escondidas. Y siempre hay que ayudarlo a entrar en la habitación de su mujer...

—No lo entiendo —le contesté extrañada.

—Algún día lo entenderás —me dijo sonriendo.

—Luna... —continué—, también me ha dicho que esta noche no ha venido el niño vampiro.

Y Luna comenzó a reír.

—¡Es verdad! Por aquí tampoco ha pasado.

—Pero, ¿estás hablando en serio? ¿Un niño vampiro?

—Sí, claro, to, to, totalmente —me dijo—. Solo es posible verlo por las noches, y no siempre.

No supe qué contestar.

—Si te parece lo podríamos dejar por hoy —continuó—, creo que hay mucha co, co, cola en la entrada y si no empiezo ya se me hará tarde. ¿Podrías ayudarme con lo de los rotuladores antes de que cierren la tienda?

—Sí, claro —le contesté mientras me levantaba.

Al salir me sorprendió ver una fila de al menos seis personas esperando para entrar en la habitación: había niños mezclados con ancianos.

Miré a Luna y ella me sonrió.

Avancé por el pasillo y cuando ya estaba llegando al ascensor un hombre me detuvo.

—¿Le ha dicho cómo estaré hoy?

—¿Qué? —le contesté sin entender lo que me estaba preguntando.

—Usted ha estado con Luna, ¿no? ¿Le ha dicho algo de mí? ¿Cómo pasaré el día? ¿Qué medicación me toca?

—No, no me ha dicho nada...

—Bueno, no hay problema, pensé que habían estado hablado de mí. Ahora iré y le preguntaré, lo que pasa es que hay mucha cola, siempre hay mucha gente. Pero como lo mío es urgente me dejará pasar.

El hombre se movió con dificultad con su bastón dirigiéndose hacia la habitación de Luna. Al verlo todos le cedieron el paso y entró el primero.

No debería haberlo hecho pero la tentación era grande, no entendía nada de lo que estaba pasando allí, así que decidí seguirlo y quedarme fuera de la habitación de Luna para ver qué ocurría.

*　*　*

Polonia

Una mujer se dirige hacia la misma cafetería que ya conoce del día anterior, esta vez con la esperanza de encontrarse a la niña o poder verla desde la ventana.

Al pasar frente a la casa ha estado a punto de cruzar la calle y llamar al timbre, pero claro, con qué excusa.

Entra en la cafetería. Pide un café y, al buscar asiento, se da cuenta de que en la misma mesa del día anterior está sentado el mismo hombre.

Él la saluda.

Y ella le devuelve el saludo.

Quizás viene aquí todos los días, piensa.

Es en ese momento cuando recuerda la teoría de Luna.

¿Y si no es casualidad? ¿Y si cada persona está en el lugar y momento que debe estar?

Piensa también en las monedas, no le gusta. Pasan los minutos.

Ambos se miran de vez en cuando, disimuladamente.

El hombre piensa en alguna excusa que le permita acercarse de nuevo a ella.

* * *

Me quedé en el pasillo, observando a las diferentes personas que formaban la fila: una niña con un gotero acompañada por una enfermera; un adolescente; una mujer mayor con una sonrisa en silla de ruedas...

El hombre ya estaba dentro, me quedé escuchando.

—¿Cómo estaré hoy? —le preguntó en voz alta.

—Pues hoy mucho mejor, ya verás, hoy tendrás menos fiebre, ¿recuerdas la medicina que te toca?

—Ahora mismo no.

—A ver, antes de cenar las dos azules y la blanca, esa que es tan pequeña; y después, justo cuando te vayas a dormir, la otra, la de dos colores: la roja y la blanca. Y no te las dejes, que ayer no te la tomaste.

—Sí que me la tomé.

—Yo creo que no, dime la verdad.

—Igual se me olvidó...

Ambos ríen.

Y fuera, en la fila, el resto de pacientes también comienzan a reír.

—Esa chica es increíble —me dijo la mujer que iba en silla de ruedas.

—¿Qué? —me giré sorprendida.

—Sí, hace magia —continuó hablando con una gran sonrisa en su rostro—. Si a cualquiera de nosotros se nos olvida lo que nos toca tomarnos se lo preguntamos a ella. Siempre lo adivina.

El hombre salió de allí y yo me alejé por el pasillo. ¿Qué estaba pasando? ¿Ahora Luna era también doctora? Le acababa de decir a aquel hombre la medicación que debía tomar y cuándo. ¿Se lo estaba inventando o realmente lo sabía? ¿Y si lo sabía, cómo?

Llegando al ascensor volví a pensar en lo que me dijo la directora: todo lo que hace tiene truco.

Aquella tarde conseguí un estuche con cuarenta y ocho rotuladores. Volví al hospital y lo dejé abajo, en la recepción.

* * *

Llega de nuevo la noche al hospital.

Cuando el silencio ya recorre cada uno de los pasillos, Luna se baja lentamente de la cama y se acerca al armario. Al intentar abrir la puerta sus dedos no le responden, como si sus manos ya no formaran parte de sus brazos.

Es la esclerosis que, como un ejército imparable, va conquistando cada día más partes de su cuerpo. Una lágrima le cae por la mejilla, el problema es que ni siquiera la siente.

Intenta mover rápidamente los brazos para ver si así consigue negociar una tregua, aunque sea momentánea, con una enfermedad que nunca se rinde.

Suspira, se calma y lo intenta de nuevo.

Abre la puerta del armario y, con dificultad, saca la mochila. Vuelca su contenido en la cama: un bote de colonia, una cajita con forma de corazón, unos auriculares, unas cerillas, una caracola, golosinas... y hoy, como novedad, una caja de rotuladores.

Apartará la caja con forma de corazón —contiene algo demasiado valioso— e introducirá todo lo demás en la mochila, que a su vez colocará en el respaldo de su silla de ruedas. Y se subirá en ella para recorrer el hospital.

Justo antes de salir sacará el móvil para activar una aplicación. Esperará unos minutos. *Listo.*

La primera habitación en la que entrará será, como siempre, la que está a su lado. Nada más abrir la puerta se encontrará a una mujer despierta, con el rostro de quien espera algo con ilusión.

Luna vigilará si hay alguien en el pasillo y, al encontrarlo vacío, entrará rápidamente en la habitación cerrando de nuevo la puerta.

Después de unos minutos saldrá de allí exhausta.

Lentamente, intentando recuperar el aliento, llegará hasta la habitación que tiene un símbolo rojo en la puerta. Y una vez allí, dependiendo de si la mujer está o no despierta, hablará con ella o simplemente le dejará algo de comida bajo la almohada.

Si todo va bien, y su cuerpo resiste, cogerá el ascensor para subir a la planta de los niños y recorrer varias habitaciones cambiando pequeños papeles por golosinas.

Esta noche, como novedad, dejará una caja de rotuladores bajo la almohada de una niña que apenas puede respirar por sí misma. Una vida que está rozando la muerte.

Continuará recorriendo esa misma planta hasta llegar a la habitación del niño vampiro, el único que siempre está despierto por las noches. Hablará unos minutos con él y subirá a la planta cuarta para visitar la habitación 444.

Como siempre, allí no habrá nadie acompañando a ese paciente. Luna abrirá la caja de arena, encenderá varias cerillas y cogerá la caracola...

Después de muchos minutos, regresará a su habitación, se sentará en la cama y meterá su cabeza en el sombrero. Se mantendrá allí dentro casi una hora, intentando recuperar fuerzas.

Cuando finalmente salga, encenderá el portátil y continuará la búsqueda del día anterior. La esperanza que había albergado con *Alexa* al final se ha desvanecido, la niña que vivía en esa casa no coincidía en nada con lo que ella había sentido en el sombrero: le daban miedo los gatos, no le gustaba el amarillo, al ponerse nerviosa solo gritaba... Lo ha visto todo en los vídeos que sus padres guardaban en el móvil. No era ella.

Continuará conectándose a otros dispositivos dentro del mismo edificio porque siente que está cerca, muy cerca, quizás más cerca de lo que ha estado nunca.

Lleva muchos meses buscando en cada rincón de internet y a su vez en cada rincón del mundo real. Desde lo del niño mago sabe que es posible, de hecho lo ha conseguido muchas veces con otras personas, tantas como cartas ha enviado.

Su problema es que cada día le queda menos vida.

Estoy cerca, se dice. Y llora, porque echa de menos a su madre, porque le prometió que iba a encontrarla y aún no lo ha conseguido.

* * *

Luna toca el piano

Nueve años antes. Luna toca el piano

Una niña que acaba de cumplir los cuatro años llega acompañada de su madre a un centro comercial. Tras dar varias vueltas por diferentes plantas, se acercan a la sección de juguetes. La mujer tiene que comprar un regalo para un cumpleaños y le ha prometido a su hija que si se porta bien, y de momento lo está haciendo, le comprará también algo a ella.

Mientras la madre mira una especie de puzle con música, la niña se acerca a algo que le resulta, de alguna forma, familiar.

Es un pequeño piano eléctrico, no es profesional, pero tampoco es un juguete, el tipo de instrumento para los que comienzan a dar sus primeros pasos en la música.

Lo observa y, de forma intuitiva, sin haberlo hecho antes, coloca sus manos sobre él, intentando ajustar sus dedos índices. Cierra los ojos y comienza a pulsar las teclas.

Al oír la melodía el responsable de sección se acerca para ver quién está utilizando el piano.

La niña, al verlo, asustada, deja de tocar.

A los pocos segundos llega la madre que, malinterpretando la situación, piensa que el hombre ha ido a llamar la atención a su hija.

—Lo siento —le dice al dependiente—. Luna, deja el piano, que no es un juguete.

—No, no... déjela, déjela —la interrumpe el hombre—, Este piano es de prueba, estamos acostumbrados a que muchos niños lo toquen. A lo que no estamos acostumbrados es a que lo toquen tan bien. Deje que siga.

La madre mira al hombre sorprendida.

Luna mira a su madre como buscando un gesto de aprobación para continuar.

La madre, confusa, le da permiso.

Y Luna continúa tocando una melodía que no sabe muy bien dónde ha escuchado pero que le sale de forma automática, como quien cambia las marchas de un coche. Son exactamente 103 notas las que toca de un tirón, sin un error, sin un descanso.

—¿Sabe que eso es de Amy Beach? —le comenta el dependiente.

—¿Qué? —dice la madre sin entender nada.

—Sí, lo reconozco, soy un enamorado del piano. La parte que ha interpretado su hija la he reconocido porque es una de las piezas más conocidas de una pianista bastante desconocida. Una mujer que ya componía sus primeras obras con tan solo cuatro años.

La madre de Luna sigue mirándolo sin entender nada de lo que está diciendo.

—Al principio —continúa el vendedor— a Amy le prohibieron tocar el piano y ella se limitó a aprender melodías de memoria y cantarlas acompañándolas con un teclado imaginario. Increíble. ¿Por cierto dónde ha aprendido su hija a tocarla?

La madre se queda en silencio durante unos segundos, mirando con incredulidad a su hija.

—Que yo sepa en ningún sitio. Es la primera vez que la veo tocando el piano —le contesta.

Y así, los dos, el dependiente y su madre, se quedan mirando a una Luna que no sabe muy bien si estar triste o feliz, no sabe si van a felicitarla o a castigarla.

—Increíble —dice para sí mismo el dependiente—, increíble. Si estaba buscando algo que comprarle creo que la niña ya ha decidido su regalo.

Es mucho dinero, pero aun así, la niña, su madre y el piano se van a casa. A partir de aquel día Luna tocará decenas de piezas... sin ni siquiera saber leer una partitura.

* * *

Día 4. Hospital

Aquel día, ya sábado, cuando llegué al hospital me encontré de nuevo con la mujer que preguntaba si yo era la madre de Luna, con el hombre que olvidaba su medicación y, por supuesto, con la mujer que recibía visitas nocturnas.

Al llegar a la habitación vi que había una niña hablando con ella. Iba en silla de ruedas y llevaba una vía puesta. Luna me indicó con la mano que pasara.

Observé que la cama estaba repleta de dibujos.

—Mira —me dijo Luna—, esta noche un ratón le ha dejado una caja de rotuladores bajo la almohada.

—Sí, sí, sí... se lo pedí y lo ha traído. Pero nunca puedo verlo, siempre intento quedarme despierta pero no lo veo.

Tosió varias veces.

—Bueno, es que el ratón es muy rápido, ¿pero te ha gustado lo que te ha traído? —preguntó.

—¡Me ha encantado! Siempre había querido tener una caja con tantos colores. —Y volvió a toser.

—¿A que son preciosos los dibujos? —me preguntó Luna mientras me los mostraba.

En uno había una niña jugando con una cometa, en otro, una niña en bici, una niña en la montaña, una niña navegando por el mar... una niña que era ella misma.

—Preciosos —admití con lástima. La pequeña volvió a toser.

—Hazme el truco, venga —le dijo a Luna.

Y Luna metió su cabeza en el interior del sombrero.

—Hoy llevas una bata gris, como la de siempre; un precioso collar nuevo de macarrones, pintados de muchos colores —la niña sonrió—; unos pendientes hechos con anillas de esas de las latas de refrescos; y un lazo rojo en el pelo. Ah, y vas descalza, como siempre.

Luna salió del sombrero y la niña gritó de alegría.

—¡Sí, sí, sí...! —pero fue un entusiasmo breve porque comenzó a toser como nunca había visto toser a nadie.

Abrió la boca de forma exagerada, como si le estuvieran robando el aire. La piel se le puso morada y su pequeño cuerpo comenzó a temblar. Tosió sangre por la boca.

Luna, asustada, pulsó el botón rojo.

Al instante vinieron dos enfermeros y se la llevaron.

* * *

Polonia

En la cafetería de una ciudad de Polonia, un hombre se levanta indeciso de la silla. Quiere acercarse a hablar con una mujer pero no sabe muy bien qué decirle.

En realidad le gustaría explicarle que le llegó una carta, con un símbolo, con una foto, con unos datos...

La mujer, al ver que el hombre se levanta, se pone nerviosa. Intuye que quiere acercarse a ella pero no sabe muy bien cómo hacerlo.

Observa su forma de andar, sus gestos con los brazos, el movimiento nervioso de sus dedos contra el pantalón, sus ojos que no miran hacia ningún lado... y de pronto sabe que no va a llegar hasta ella, que justo cuando esté a menos de un metro la saludará y se irá.

El hombre, nervioso, no deja de golpearse el pantalón con los dedos. Se acerca poco a poco a la mesa de la mujer, con paso lento, mirando hacia ningún lado y, finalmente, la saluda y se va de allí. No se ha atrevido a hablar con ella.

—Luna, ¿estás bien? —le pregunté acercándome a ella.

—¿Recuerda nuestra co, co, conversación sobre la verdad? —me preguntó.

—Sí, claro.

—¿Cuál sería la verdad de esa niña?

—No te entiendo, Luna.

—Si usted le preguntara a esa niña si hay un ratón que le deja galletas, caramelos, chocolate o incluso una ca, caja de ro, rotuladores por las noches, ¿qué le contestaría? —Me quedé en silencio—. Sin duda —continuó— le diría que es verdad que ca, cada noche un ratón visita su habitación. Le diría incluso que lo ha escuchado o que alguno de sus co, co, compañeros ¡ya! lo ha visto pasar. Y si le hicieran la prueba de un polígrafo detectaría que dice la verdad...

—Entiendo... —le contesté mientras notaba que se estaba deshaciendo por dentro—. ¿Qué pasa, Luna?

—Que... que... que esa niña se va...

—¿Adónde se va...? —Y antes de acabar mi pregunta la miré a los ojos y lo entendí todo.

Tragué saliva.

Luna se tumbó ligeramente en la cama.

—Dicen que hay un ratón que va por ahí colocando galletas y ca, caramelos debajo de las almohadas de los niños, ¿y sabe por qué lo hace? —me dijo casi sin fuerzas, agarrándome la mano.

Moví la cabeza indicando que no lo sabía.

—Lo hace po, po, porque, entre el dolor, la medicación, y la falta de esperanza en un futuro... la única ilusión que, que muchos niños tienen al despertarse ca, cada mañana es abrir los ojos y buscar lo que hay debajo de la almohada.

Me mordí el corazón.

—Esa es to, toda la ilusión que le queda a una niña de seis años que si la vida fuera justa te, tendría que estar ahí fuera jugando en los columpios; descubriendo qué bicho hay debajo de ca, cada piedra; cayéndose de la bicicleta; co, contándole a sus padres que se ha enfadado con su mejor amiga; decidiendo a quién va a invitar a su cumpleaños, qué tipo de tarta quiere o qué le gustaría pedir como regalo... To, todas esas cosas que ahí fuera, en ese mundo que hay al otro lado de estos muros, se asumen como normales. Cosas que no se valoran hasta que uno, desde aquí dentro, se da cuenta de lo afortunado que era.

Su voz se fue poco a poco apagando.

—Esa niña... —susurró— se ha adaptado, como lo hace un pájaro en una jaula, a vivir en un mundo rodeado permanentemente de muerte... incluso de la suya propia.

Me acerqué a Luna y la abracé. Noté sus lágrimas en mi cuello.

—Fíjese en los dibujos... gracias a usted hoy ha podido cumplir uno de sus sueños: tener una caja de rotuladores...

Luna cerró los ojos.

—Me duele... —me dijo.

—¿Qué te duele?... —Y al hacer la pregunta supe la respuesta.

Fue ella misma quien pulsó el botón rojo.

* * *

Después de dormir más de seis horas, Luna se despertará de madrugada. Intentará levantarse para hacer las visitas de cada noche, pero hoy no podrá. Hay momentos en los que la esclerosis es más fuerte. Es cierto que Luna, de vez en cuando, gana alguna batalla, pero lo hace asumiendo que la guerra la tiene perdida.

Lo asumió ya hace un tiempo. Lo asumió el día que dejó de llevar zapatillas con cordones; el día que decidió no comprarse camisas con botones; lo asumió cuando decidió que llenaría los vasos solo hasta la mitad; lo asumió el primer día que sus pies se independizaron de sus pensamientos y decidieron no andar...

Y lo asume cada vez que la fatiga le cubre el cuerpo, como hoy. Por eso hoy se quedará allí, en la cama, imaginando lo bonito que sería poder vivir fuera, en el mundo exterior.

Le encantaría abrir los ojos por la mañana sin sentir dolor en ninguna parte de su cuerpo, algo normal para la mayoría de los que viven fuera, algo extraño para los que viven dentro.

Le encantaría poder levantarse de la cama y caminar sin

problemas hasta el baño; y poder lavarse los dientes sin que le tiemblen las manos; y poder vestirse ella sola...

Cierra los ojos pensando en lo bonito que sería hacer las cosas normales que hacen las niñas normales fuera de allí, en esa realidad que está al otro lado del muro pero no puede alcanzar.

Y aunque nunca lo confiese, aunque quiera hacerse la dura, la fuerte... por las noches ella también se hace preguntas... *¿Por qué yo? ¿Por qué a mí?*

* * *

Día 5. Hospital

El domingo no fui a verla, por eso, cuando llegué el lunes al hospital y vi un lazo negro, en un principio no lo relacioné con nadie..., hasta que pensé en la niña de los rotuladores.

La enfermera que estaba de guardia me explicó que la pequeña había dejado de respirar el sábado por la noche, *nadie se dio cuenta, quizás ni siquiera ella*, me dijo.

Pensé en lo diferente que era la vida en el interior y el exterior de aquel lugar, en cómo nos parece normal lo que allí dentro era algo extraordinario.

Fuera, un mundo donde nadie se acuesta pensando en si va a despertar al día siguiente, donde nadie valora poder caminar de la cama a la ducha, ser capaz de comer por la boca o ir al servicio a solas, sin ayuda.

Dentro, un mundo donde una pequeña visita te da la vida, donde una galleta debajo de una almohada es la ilusión del día o donde ver el sol salir por la ventana ya es motivo de alegría.

Caminé hacia la habitación de Luna con esos pensamientos cuando una sombra me detuvo. La mujer de la habitación que tenía un punto rojo en la puerta estaba en medio del pasillo, frente a mí.

—¿Ha venido usted a por la niña? —me preguntó mirándome a los ojos de una forma extraña.

—¿A por la niña? No, he venido a visitar a Luna.

—Ah —y pareció relajar el rostro—, es que la niña ya no está, se ha ido...

Me quedé mirándola, confusa, sin entender cómo alguien con Alzheimer podía incluir nuevos recuerdos.

—Sí, lo sé —le dije.

Se apartó ligeramente y yo comencé a andar de nuevo por el pasillo. Me acerqué hasta la habitación de Luna, pero antes de llegar a la puerta me di cuenta de que dentro había alguien más. Permanecí fuera, sin asomarme, a la espera de que acabara, escuchando una conversación que debía ser privada, a escondidas.

—A veces, sin ninguna razón, comienzo a sentirme mal. No tengo ganas de nada, solo de llorar —escuché la voz de una mujer.

—To, to, todos nos hemos sentido así alguna vez —le contestó Luna.

—Pero no lo entiendo. Puedo estar perfectamente y de pronto me llega algo, una energía, un dolor invisible que no sé explicar y me hundo. ¿Por qué?

—Porque eres diferente, por eso te pasan cosas distintas. Algún día, de aquí a muchos años, to, todos serán como tú y co, como yo.

Escuché el sonido de un abrazo.

La mujer le dio las gracias y se levantó.

En cuanto salió las dos nos quedamos mirándonos, sorprendidas.

* * *

Un simple *hola* entre lágrimas fue el saludo de una Ayla que se alejó por el pasillo.

—Puedes entrar cuando quieras —me dijo Luna.

¿Cómo podía saber que estaba allí? No había hablado, no me había asomado, me había escondido lo suficiente para que no me viera, ¿cómo podía saberlo?

Entré y me la encontré con la cabeza totalmente metida en su sombrero, hasta el cuello.

Dejé el bolso sobre la mesa y esperé hasta que habló.

—Usted, como psicóloga, ¿qué opina de la depresión? —me preguntó.

Tardé en contestar pues suponía que esa niña ya sabía lo que era técnicamente una depresión y que en realidad buscaba otra respuesta. ¿Pero cuál?

—Bueno... —me sentí insegura—, es un trastorno mental que se caracteriza por la presencia de tristeza. Se pierden las ganas de hacer las cosas, hay falta de autoestima, sensación de un cansancio permanente, parece que todo se viene abajo, que nada va a salir bien...

—¿Por qué? —volvió a preguntar desde el sombrero.

—Bueno, Luna, hay muchos motivos: puede ser por sufrir un accidente, porque tu pareja te ha dejado, porque has perdido el trabajo, por la muerte de un ser querido, por una enfermedad... —ahí me detuve.

Silencio. Ella continuaba dentro del sombrero.

—Sí, en todos esos casos hay una razón que podría explicarla pero ¿y las depresiones sin motivo? Esos momentos en los que estás bien y de pronto llega un malestar invisible, un dolor que te hunde, que te deja sin ganas de vivir, ¿cómo explicamos eso?

Aquel día fue la primera vez que me di cuenta de que cuando Luna hablaba desde dentro del sombrero no tartamudeaba.

—El nombre es depresión endógena —le expliqué—, puede tener un componente genético, puede ser hereditario, también se asocia a cambios biológicos del cerebro...

Estuve durante unos minutos dándole una explicación a un sombrero. Era extraño pues no sabía si ella dentro seguía escuchando. Cuando acabé se hizo el silencio, llegué a pensar que se había dormido.

—Bueno —dijo tras unos minutos—, lo de siempre. Sacó su cabeza del sombrero.

—Po, podría haber otra explicación. Menos científica, pe, pero quizás más correcta. No ahora, claro, pero sí en un futuro. *¡Ya!* —se rascó varias veces la nariz—. De aquí a muchos años no nos parecerá tan rara como ahora. La humanidad siempre ha ido avanzando a trozos. De pe, pensar que la Tierra era plana hasta averiguar que era redonda; de pe, pensar que éramos el centro del mundo, hasta llegar a la teoría helio-céntrica; de asumir que un eclipse era algo relacionado con la brujería...

»Afortunadamente siempre hay un momento en que, de golpe, la humanidad avanza. En el ca, campo de las relaciones humanas estamos muy cerca de llegar a ese punto... pe, pe, pero de momento los que ya podemos sentirlo somos los raros, los diferentes. —Suspiró.

No entendía muy bien adónde quería ir a parar, hasta que me hizo otra de esas preguntas de difícil respuesta.

—¿Y si quien se deprime sin explicación no está sintiendo un dolor propio, sino el de otra persona?

Aquel día conocí la *Teoría de Luna*.

* * *

Polonia

Amanece de nuevo en la habitación de un hotel de una ciudad de Polonia.

Llueve.

La mujer que duerme allí se ha despertado temblando. Mira alrededor confusa: no sabe muy bien dónde se encuentra, si dentro del sueño o fuera, en la realidad.

Hace apenas unos segundos estaba cayendo de forma infinita hacia ningún lugar en el interior de una pesadilla. La caída ha resultado ser falsa pero las sensaciones han sido reales: el miedo ha sido de verdad.

Respira hondo y mira el reloj. Es pronto, muy pronto. Pero sabe que ya no podrá volver a dormir.

* * *

La Teoría de Luna

La Teoría de Luna

—Pon las dos manos aquí —me dijo Luna.

Coloqué las manos sobre la cama, justo a su lado.

Se movió lentamente, abrió el cajón de la pequeña mesita y sacó un bolígrafo.

—Co, coge este boli co, con la mano derecha y ponlo sobre la mano izquierda, así, co, como si quisieras clavarte la punta.

La miré extrañada. Cogí con mi mano derecha el boli y lo apoyé con su punta en mi mano izquierda.

—Y ahora aprieta —me dijo.

—¿Qué? —protesté mirándola incrédula.

—Sí, aprieta un po, poco, hasta que se quede marcada la punta en la piel, justo hasta que, que comiences a sentir dolor.

Y lo hice, fui apretando lentamente el boli hasta el momento en que comencé a sentir dolor. Ahí lo aparté.

—Pe, perfecto —me dijo—. Ahora hazlo de nuevo y cuando co, co, comience a dolerte aprieta un poco más.

—Pero Luna... —protesté.

—Por favor... solo es un boli —sonrió.

Lo hice, coloqué la punta sobre mi mano y apreté fuerte, hasta que comenzó a dolerme. Entonces lo aparté.

—¿Por qué no has seguido apretando? —me preguntó.

—Porque me dolía.

—Exacto —contestó con una gran sonrisa mientras se rascaba compasivamente la nariz.

No entendía absolutamente nada.

Se quedó en silencio durante unos instantes.

—Has dejado de apretar po, po, porque eras tú misma quien sufría las ¡*mierda*! consecuencias. Cu, cuanto más fuerte apretabas más te dolía, ¿cierto?

—Sí.

—Ca, causabas un dolor que tú misma recibías —dijo, como si hubiera descubierto el secreto de la vida.

Luna se colocó bien el gorro.

—Bien, pues así es co, como funciona el mundo. Pero la mayoría de gente aún no está preparada para verlo.

* * *

—No te entiendo, Luna.

—No es fácil —me contestó mientras se levantaba un poco el sombrero—. A mí también me costó entenderlo.

»Llevo años sufriendo dolores de to, to, todo tipo, tanto físicos como mentales, pero son estos últimos los que, que nunca acababa de entender. Sobre todo porque había días que me sucedía todo lo contrario: me despertaba feliz, muy feliz, más feliz de lo que estará mucha gente en ¡*ya!* toda su vida. Y es extraño porque cu, cu, cuando estaba triste to, todo el mundo me entendía, en cambio cu, cuando estaba feliz pensaban que me pasaba algo. Por ejemplo, no entendían que en ocasiones, justo antes de una operación a vida o muerte, estuviera alegre.

»Y en ca, cambio había momentos que debiendo estar alegre me llegaba una nube y descargaba dentro de mí una tormenta de tristeza.

»Algunos psicólogos co, comenzaron a etiquetarme: bipolar, esquizofrénica..., otros lo justificaban por la ELA, el tumor de mi cerebro o la medicación tan fuerte que tomo. Y así estuve meses, años... hasta que un día desperté.

Silencio. Le dieron varios espasmos en el cuello, se recolocó el sombrero.

—Fue un domingo, desperté sin ganas de respirar, sin ganas de abrir la boca, sin ganas de hablar. No era un dolor físico determinado, era co, co, como si alguien le hubiera dado la vuelta a mi cu, cuerpo: me dolía todo, me dolía que me to, tocaran, me dolía que me hablaran, incluso me dolía cu, cu, cuando ¡vale! me miraban, creo que hasta el propio aire me dolía. En todo el día no me moví de la cama.

»Llegó la noche, y me tiré al suelo que, que, queriendo morir. Fue allí cu, cu, cuando me llegó un pensamiento que lo cambió todo, que cambió mi vida: era imposible que todo aquel dolor fuera solo mío, tenía que ser de más gente.

Se quedó en silencio.

Se rascó la nariz varias veces.

—To, to, todos estamos conectados. La miré sin saber muy bien qué decir. Me miró sonriendo.

Le dio un nuevo espasmo en los hombros.

—Nos pasa a to, todos, absolutamente a todos. To, to, todos podemos sentir en nuestro cuerpo el dolor de otros. Pero la mayoría de personas tienen esas conexiones limitadas al tiempo y a la distancia, no las tienen totalmente abiertas. Aún somos po, po, pocos, pero con los años todo el mundo será como yo.

Me quedé mirándola sin saber qué decir.

Pensé en lo que podía estar ocurriendo allí dentro, en esa cabeza que estaba siendo devorada por un cáncer, en ese cuerpo que estaba siendo devastado por la ELA. En una niña que estaba siendo destrozada por la medicación.

—No me crees, ¿verdad?

—Ni siquiera te entiendo, Luna —le contesté.

—Voy a darte unos ejemplos...

*   *   *

Polonia

Una mujer sale de su hotel con la intención de volver a ese lugar al que teme. Conduce a través de un recorrido que le suena familiar, demasiado. Es cierto que ayer ya pasó por allí, pero no son ese tipo de recuerdos los que tiene.

El recorrido es un continuo *déjà vu* del que ayer no se dio cuenta. Al llegar a una curva cerrada se fija en una vieja casa, prácticamente derruida. Al verla le viene un pensamiento: tiene la intuición de que detrás de la misma, a unos cuantos metros, hay un camino que lleva hasta un puente de piedra sobre un pequeño río.

Nada más pasar la casa busca el entrador y se desvía. Desde ahí ve un camino que sale por la parte posterior de la edificación. Lo recorre con el coche, entre lluvia y barro.

Tras unos minutos llega hasta un puente, de piedra, por debajo pasa un pequeño río.

La mujer sale del coche y bajo la lluvia observa todo el

entorno. *Ella ha estado allí*, le dice su corazón. *Imposible*, le contesta su mente.

Es en ese momento cuando vuelve a pensar en la teoría de Luna. *Es imposible, es imposible*, se dice a sí misma.

Entra de nuevo en el coche y vuelve a la carretera.

Tras unos treinta minutos llega al aparcamiento del día anterior: apenas hay nadie: solo ella y dos coches más en una esquina.

Es ahí cuando vuelve a pensar en el hombre de la cafetería, ese que parece querer hablar con ella pero no se atreve a hacerlo.

No sabe, por supuesto, que ese mismo hombre está en el interior de uno de los dos coches que hay en el parking. Está esperándola desde que ha amanecido.

* * *

—Todos te, tenemos conexiones con otros seres humanos, aunque limitadas en el tiempo y la distancia.

—Sigo sin entenderte, Luna, lo siento.

—Por ejemplo, si una mujer se queda embarazada, esa felicidad le llegará también a su pareja, a sus padres, a sus amigos... ¿cierto?

Asentí.

—Bien, esa felicidad se ha transmitido de una persona a otra. ¿*Cómo?* No lo sabemos. Lo que sí sabemos es que cuanto más cercanas sean esas personas más felices se sentirán.

Asentí de nuevo.

—Pero, por otro lado, si el bebé naciera muerto, ese dolor ta, también lo sentirá el padre, los abuelos, los familiares, los amigos más cercanos... —Me miró mientras se rascaba la nariz.

—Sí, así es.

—Pe, perfecto. Esto es fácil de entender porque es algo que vivimos todos los días. Pero aun así nadie sabría explicar de qué forma se transmiten esos sentimientos entre las personas. Más ejemplos... cuando hacemos daño a un ser queri-do ta, también nos duele a nosotros po, po, porque estamos unidos sentimentalmente a él. ¿A través de cables invisibles? ¿A través de energía? Nadie lo sabe.

»O por ejemplo —continuó— si una madre le pe, pega o le grita a su hijo... al final es ella misma quien también siente ese dolor, ¿no es cierto?

Asentí con ganas de llorar.

—To, to, todo esto lo entendemos porque estamos co-nectados sentimentalmente con esas pe, personas. De hecho, ta, también entendemos que no suceda lo mismo cuando les ocurre algo a personas que ni siquiera conocemos. No nos deprimimos porque hayan atropellado a alguien a quien no conocemos o porque un terremoto haya matado a miles de personas en un país lejano. Po, po, podemos sentir triste-za momentánea, pe, pero desaparece pronto porque no es-tamos conectados sentimentalmente a esas personas. Lo mismo ocurre si nos enteramos de que ha muerto alguien con el que perdimos el contacto hace años.

Volví a asentir. Luna se rascó la nariz y movió bruscamen-te los hombros.

—Pe, pero... y si de pronto, por alguna razón que aún des-conocemos, nuestras conexiones sentimentales con otras per-sonas no se perdieran con el tiempo, si mantuviéramos siem-pre el mismo afecto por un amigo de la infancia aunque hiciera años que no lo vemos, si los sentimientos se mantu-vieran de forma perpetua en nuestra vida. ¿Y si hubiera casos extraños, raros, diferentes... de personas que nunca perdieran esos vínculos? ¿Qué pasaría?

—Que tendrían más probabilidades de sentir alegría o tristeza por el dolor o felicidad de los demás —admití.

—Exacto. Silencio.

Se volvió a rascar la nariz.

—Pu, pu, pues eso me ocurre a mí —me dijo mirándome con unos ojos a los que no pude contestar.

* * *

Nos quedamos en silencio, no sabía cómo rebatir su razonamiento.

Luna se acercó a mí, me cogió la mano y me susurró:

—Y ca, cada día a más personas... Llegará un momento en que estaremos todos co, conectados sentimentalmente. Ya no po, po, podremos *¡vale!* hacernos daño, porque al hacerle daño a alguien nos lo estaremos haciendo también a nosotros, co, como la madre que siente dolor al gritarle a su hijo. Co, como el boli cuando te apretaba la mano.

Después de decir esas palabras, Luna cogió el sombrero y metió su cabeza en él. Juntó sus manos en el regazo y supe que había acabado nuestra conversación.

Y a pesar de lo increíble de aquella teoría, aún había un pequeño detalle que no me había contado.

* * *

Polonia

La mujer llega de nuevo al inicio del muelle. Desde ahí, entre el viento, la lluvia y el miedo intenta ver el final. Quiere ir y a la vez le aterra hacerlo, como quien quiere subir a una montaña rusa y mientras está haciendo la cola busca cualquier excusa para aplazarlo.

Comienza a andar mirando hacia el suelo, como si el hecho de no observar lo que tiene delante fuera suficiente para evitar temerlo.

Y así, sin mirar, acaba de pasar el primer banco. Llueve. Y hace viento.

Se da cuenta de que todo lo que le rodea es gris. Es gris el cielo, es gris el agua, incluso el futuro, ese que está a unos pocos segundos de distancia, es gris.

Ya está casi en el segundo banco. Y es ahí cuando los pensamientos comienzan a erosionar su fuerza. Le da miedo pensar en la profundidad que puede tener el mar.

Observa el banco, le faltan unos diez metros.

Se pone a correr porque sabe que si no lo hace así, quizás nunca llegue.

Y llega.

Y se acurruca sobre él.

Mira hacia el horizonte, hacia el final del muelle, piensa que si llega ahí quizás pueda descubrir lo que hay en esos huecos que a veces aparecen entre los sentimientos.

Y entre todo ese gris que le rodea distingue una pequeña caja roja. Está sobre el siguiente banco.

* * *

Aquel día salí de la habitación de Luna con una sensación extraña, contradictoria. Por una parte quería pensar que todo lo que me había dicho eran los efectos secundarios de un tumor que le estaba conquistando la mente, pero por otro lado...

Mientras caminaba hacia el ascensor me encontré a Ayla en la máquina de café que había junto al mostrador.

—¿Todo bien? —me preguntó.

—La verdad es que no lo sé...

—¿Un café?

—Vale...

Introdujo una moneda en la máquina.

—Muy poca gente llega hasta aquí...

—¿Hasta dónde?

—Hasta Luna. De alguna forma habéis conectado, lo supe desde el primer día... ¿Café solo?

—Sí, gracias.

Pulsó de nuevo el botón.

—No sé qué pensar sobre ella —le confesé—. A veces creo que me dice la verdad, al menos su verdad... pero en otras ocasiones me da la impresión de que está jugando conmigo.

La mujer me dio el café.

—¿Ya le ha explicado que estamos todos conectados? —me preguntó.

—¿Qué? —le contesté sorprendida.

—No es algo que explique a todo el mundo, por supuesto. En este hospital solo lo sabemos usted y yo.

Silencio.

—Para ella no es fácil. No es fácil decir algo así, arriesgándose a que la traten de loca.

Me llevé el vaso a la boca y la dejé hablar.

—¿Sería bonito, verdad? Olvídese por un momento de si es posible o no, eso a veces es lo de menos. Imagínese por un momento que la teoría de Luna fuera cierta, ¿no sería bonito que todos estuviéramos conectados de tal forma que no pudiéramos hacer daño a nadie porque nos lo haríamos a nosotros mismos?

—Sí..., sería bonito... si fuera verdad —le contesté.

—¿Y por qué no podría serlo?

La miré sin entender muy bien lo que quería decir.

—¿Porque no podemos verlo? ¿Porque no podemos demostrarlo científicamente? ¿Cómo demuestras que sientes dolor al ver a tu madre enferma? ¿Cómo demuestras que estás feliz cuando tu hija te dice un te quiero? ¿Cómo le explicas a alguien el mecanismo del amor? ¿Cómo se transmiten los sentimientos? ¿Hay alguna fórmula para eso?

Ayla se tomó el café de un solo trago.

—Mire, le voy a contar una historia... ¿Sabe usted quién fue Semmelweis?

—Semmelweis fue un médico cirujano y obstetra. Se le conoce como *El Salvador de Madres*, pues descubrió que podía salvar vidas simplemente mejorando la higiene. Se le considera el creador de los procedimientos antisépticos.

No entendía nada de lo que me estaba diciendo y tampoco sabía qué tenía que ver todo aquello con Luna.

—Verá, allá sobre la mitad del siglo diecinueve, en un hospital de Viena, prácticamente la mitad de las mujeres que iban a dar a luz morían de una especie de fiebre. La mayoría de los médicos decían que esas muertes estaban provocadas por algún virus, que todo eran causas circunstanciales.

»En cambio Semmelweis pensaba de forma diferente y decidió investigar qué estaba ocurriendo, quiso ver lo que nadie quería mirar.

»Después de muchos meses observando el proceso que se llevaba a cabo en los partos, se dio cuenta de que las comadronas utilizaban siempre la misma esponja para limpiar los genitales de las parturientas.

»Se preguntó si habría alguna relación entre ese hecho y

las muertes, si podía haber algún tipo de microorganismo invisible a nuestros ojos que se fuera pasando de mujer a mujer. Hay que recordar que en ese momento aún no se conocían las bacterias.

»Les dijo a las enfermeras que antes de atender a una parturienta, limpiaran las esponjas con lejía.

»La mortalidad bajó del 40% al 3%.

—Increíble —le dije.

—Semmelweis publicó su descubrimiento, ¿pero sabe qué hizo la comunidad científica?

—No le hicieron caso —asumí.

—Exacto, y no solo eso, comenzaron a reírse de él por decir que había algún organismo invisible que estaba matando a las mujeres.

»Pero aun así, a pesar de todas las críticas, él siguió probando su método en diferentes hospitales. Y las muertes descendían. En cambio cuanto más intentaba demostrarlo, más se burlaban de él. Tanto le atacaron que al final lo acabaron despidiendo.

Suspiré.

—Semmelweis, hundido, comenzó a beber y poco a poco a perder la razón hasta que lo internaron en un hospital psiquiátrico. Allí, después de muchas palizas, murió a los 47 años.

Nos quedamos las dos en silencio.

—Unos años más tarde, los médicos comenzaron a lavarse las manos antes de operar, sin saber muy bien por qué, pero se daban cuenta de que aquello funcionaba.

»Como ve la historia de la humanidad está llena de este

tipo de anécdotas. Negamos lo que no vemos, lo que no comprendemos. Lo negamos hasta tal punto que nos ponemos en contra. Solo para mantener nuestras creencias.

Ayla dejó de hablar y se quedó mirando hacia un pequeño almacén que había al lado del mostrador.

—Usted tiene fama de apuntarlo todo, de llevar un diario de todas sus sesiones, ¿verdad? —me preguntó.

—Sí, me gusta documentarlo todo lo mejor posible.

—Espere un momento —me dijo mientras se iba hacia un pequeño despacho contiguo al mostrador.

Al minuto salió con una carpeta.

—Tome, me gustaría que viera estos documentos. Evidentemente son confidenciales, yo no se los he dado, pero mañana usted me los devolverá, ¿verdad?

Asentí.

✳   ✳   ✳

Polonia

Un hombre escondido en una gabardina negra, tan larga que casi roza el suelo, observa si la mujer descubre el paquete que ha dejado en el siguiente banco.

Es una pequeña caja, de un rojo brillante que destaca entre todo un alrededor gris.

La mujer la ha visto y aun así se levanta con la intención de volver a la orilla.

Pero hay una caja ahí. Roja. Y brilla.

Duda.

Finalmente se da la vuelta, la curiosidad le puede al miedo.

Avanza.

El hombre observa todo desde lejos y piensa en las coincidencias de la vida. Por lo que ha podido averiguar esa mujer ha venido buscando a una niña. Y casualmente él ha venido buscando a esa mujer... Piensa si en algún lugar del mundo, alguien le estará buscando también a él.

Mira alrededor, asustado.

No, imposible, yo ya soy demasiado mayor, se dice a sí mismo.

La mujer llega hasta el banco y se aferra a él como un náufrago a un salvavidas. Coge la caja.

*   *   *

En cuanto llegué a casa abrí nerviosa aquella carpeta.

Había dos documentos encuadernados. El primero contenía varias hojas con un listado de personas. Al leer el detalle me di cuenta de que era un listado de muertes. Allí estaban los nombres de todos los que habían fallecido durante los últimos dos años en el hospital, incluida la niña que murió el fin de semana. El listado indicaba el nombre completo, la edad, el motivo de la muerte, y en rojo la fecha y la hora de la misma.

En principio no había nada especial, salvo que eran muchas, pero en un hospital de pacientes terminales quizás ese número tan elevado entraba dentro de la normalidad.

Lo dejé a un lado y cogí el segundo documento, tenía unas treinta páginas, y era el historial de Luna. Estaban detalladas sus patologías, los tratamientos que había recibido... También se incluía un listado con cada salida y entrada al hospital y otro con cada crisis de dolor: momento de la misma, medicación administrada, niveles...

Comparé aquella documentación con lo que yo había escrito en mis anotaciones y todo coincidía. Por ejemplo, para mí eran muy importantes las crisis que había tenido, por eso tenía apuntada la fecha y hora de cada vez que había pulsado el botón rojo, también había apuntado las pulsaciones a las que había llegado, así como la medicación que le habían suministrado. Al compararlo todo coincidía, era correcto.

Dejé los dos documentos sobre la mesa.

¿Y ahora qué?

No entendía muy bien qué tenía que buscar.

Después de cenar volví de nuevo al sofá y durante casi dos horas estuve dándole vueltas al tema: no entendía para qué me había dado esa documentación.

Fue ya en la cama, en esos instantes de relajación antes de dormir, cuando una idea me vino a la mente.

Salté y fui directa al comedor.

Revisé los documentos... y comencé a temblar.

* * *

Aquello no podía ser una simple coincidencia.

Miré ambos documentos a la vez y cuanto más comparaba, más temblaba.

Una muerte, una crisis de Luna. Una muerte, una crisis de Luna. Una muerte, una crisis de Luna...

Y así, cada muerte en aquel hospital producía una crisis en la salud de la niña. Pero aun siendo eso algo increíble no fue lo más importante. Lo realmente sorprendente fue descubrir que las crisis de Luna siempre ocurrían antes de la muerte de la persona.

Siempre.

Fue ahí cuando mi mente intentó convencerme de que debía de haber alguna explicación para aquella anomalía de la realidad. Podía ser una coincidencia, eso lo explicaría todo... El problema es que eran exactamente veintitrés coincidencias.

Dejé los papeles en la mesa.

Me acosté en el sofá, mirando el techo.

Fue a los pocos minutos cuando recordé una de las frases de Luna: *Y si pudiera sentir el dolor de otros.*

No.

No.

No es posible. No.

No.

No, esa fue la palabra que más dije aquella noche.

Busqué en mi mente algo que destrozara esa idea y me devolviera al mundo real, a ese en el que hay reglas que lo explican todo. Por eso me aferré a las palabras de la directora del hospital: *recuerde que todo lo que parezca increíble tiene un truco detrás, siempre hay truco.*

Eso es, todo era un truco, seguro.

Esa era la mejor explicación que tenía en ese momento. Pero... ¿Para qué hacer un truco con algo así?

* * *

Polonia

La mujer abre la caja roja, brillante.

Lo hace con miedo, despacio, intentando que sea la luz la que entre primero, antes que su mirada.

Y al ver lo que hay en su interior se le para el mundo. Ni siquiera se atreve a tocarlo.

Piensa en las posibilidades que existen de que un objeto como ese esté ahí, en una caja roja, en un banco, en medio de un muelle, en medio del mar. Por primera vez en su vida la palabra *casualidad* ya no le sirve.

Es imposible, asume, que por pura casualidad una niña dejara ayer esa caja ahí, estuviera toda la noche sin que el mar y el viento la quisieran tocar para que, así, reluciente, esta mañana ella la pudiera encontrar.

Aun así, sabiendo que esa versión de la realidad es imposible, ella intenta que lo sea. Por eso decide abandonar la caja allí, en el banco. Por si la niña que nunca se la dejó vuelve a recogerla.

Se levanta mordiéndose los labios y aguantando las lágrimas del corazón.

Le encantaría llevarse lo que hay dentro... pero no lo hace porque esa caja no es suya... la ha olvidado alguien.

Comienza a caminar hacia la orilla.

El hombre que la está observando se decepciona porque no es esa la reacción que esperaba. Había asumido que la mujer cogería el contenido de la caja y se lo llevaría.

Vuelve a pensar que quizás el tema de la carta solo ha sido una broma.

Pero ¿y por qué? ¿Para qué?

＊　＊　＊

Día 6. Hospital

Al día siguiente no me encontré con ningún lazo negro. Me alegré. Comencé a caminar por el pasillo y...

—¿Es usted la madre de Luna?

—No, no, lo siento.

—¿Seguro?

—Sí, seguro, lo siento.

—Vaya, qué pena, lleva tanto tiempo buscándola... Continué caminando y cuando ya estaba llegando a la habitación de Luna, la mujer que vivía al lado se acercó a mí.

—¡Hola! Anoche sí que vino mi marido.

—¿Qué? —le contesté.

—Sí, fue genial —me sonrió—. Ah, y también vino el niño vampiro.

—Me alegro mucho —le dije pensando que aquello cada vez se parecía más a un circo.

Al llegar a la habitación de Luna la vi acompañada por un

niño de unos diez años, tenía el pelo prácticamente rojo. También estaba la que parecía ser su madre.

Me quedé bajo el marco de la puerta observando.

—¿Adivinas mis bolsillos? —dijo el niño.

—Tienes que dejarlo to, to, todo en la cama y me tienes que dar cinco segundos pa, pa, para memorizarlo.

El niño asintió y dejó varios objetos: unas canicas, un llavero, un candado, tres monedas, un caramelo y cuatro coches de juguete.

El niño comenzó a contar con los dedos, uno, dos, tres...

—¡Ya! —dijo el niño.

—Me has dejado po, poco tiempo para memorizarlo —protestó Luna—, pero está bien.

Y diciendo eso metió la cabeza en el sombrero.

—A ver, hay seis canicas: roja, azul, azul, verde, negra y blanca. Un llavero verde de tela, un candado mediano, tres monedas iguales, un caramelo de naranja y cuatro coches, dos rojos y dos azules. Ah, y se te ven los calzoncillos por encima del pantalón —y Luna comenzó a reír.

El niño no se rio.

—Sí, como Superman —le dijo Luna mientras sacaba la cabeza del sombrero.

—Has acertado todo —dijo el niño intentando aplaudir pero sin conseguir coordinación total en sus manos.

»¿Trampas? —preguntó el pequeño.

—Yo, ninguna. Pruébalo tú.

Luna le pasó el sombrero y el niño se lo puso.

—¿Ves algo? —preguntó Luna.

El niño movió la cabeza hacia los lados.

—Ves cómo no hay trampas.

Sacó su cabeza y le devolvió el sombrero a Luna. Y lentamente, como si le diera miedo hacerlo, se acercó para darle un abrazo de apenas un segundo.

Eso fue suficiente para que la madre se pusiera a llorar.

—¿Está usted bien? —le pregunté.

—No se imagina lo que acaba de pasar aquí, no se lo imagina... —me dijo mientras me daba un abrazo.

Ambos, madre e hijo, se fueron de allí.

—Hola —me saludó Luna.

—Hola —le contesté mirándola.

—¿Qué quieres preguntarme hoy? —me dijo como si de alguna forma pudiera leer mi mente.

Sonreí porque sabía que eso no era magia, solo intuición. *Luna no me podía leer la mente, no me podía leer la mente, no me podía leer la mente...*

—Hay una mujer ahí fuera que siempre me pregunta si soy tu madre, supongo que sufre Alzheimer o algún tipo de demencia, pero según la información que tengo tu madre murió hace un tiempo.

—Mi madre se fue hace exactamente seis años, dos meses y tres días, pero no murió, al menos no del todo.

—¿Cómo no se puede morir del todo?

—De la misma forma que hay gente que tampoco vive del todo, de hecho casi nadie lo hace.

*　*　*

Muere la madre de Luna

6 años antes. Muere la madre de Luna

No fue una sorpresa, no fue una muerte inesperada.

Pero eso no lo hizo más fácil.

Luna también lo sabía, como quien sabe que el tren se acerca por el ruido que flota en las vías, como quien sabe que septiembre ha llegado sin mirar el calendario...

Lo supo desde el principio porque su propia madre no se lo ocultó nunca. Por eso, cuando los médicos le dieron la noticia, ella ya lo sabía.

La parte positiva de saberlo fue que ambas, madre e hija, tuvieron tiempo para despedirse: de hecho se estuvieron despidiendo cada día.

—Estaré siempre contigo —le decía su madre cuando, por las noches, era Luna quien cuidaba de ella.

Aquellas dos vidas se abrazaron más en tres semanas que muchas familias en toda una vida. Y fue ahí, en cada abrazo, cuando Luna fue notando la pérdida de energía de un cuerpo que, sin decir del todo adiós, se iba despidiendo.

Y a pesar de ser una niña supo saborear cada te quiero, cada caricia, cada mirada, cada palabra... sabiendo que no eran infinitas, que se acababan.

—Mamá... te encontraré —le susurra una niña que entiende que entre ellas no puede haber solo un vínculo físico, porque nacieron siendo una y esa energía debe mantenerlas siempre unidas, estén o no en el mismo lugar, estén muertas o vivas.

»Te encontraré en la mirada de alguien, en la risa de cualquiera. Me fijaré en las personas a las que les guste el color amarillo, el olor a vainilla, los gatos... En esas personas que le tengan pánico a las arañas, que al ponerse nerviosas les tiemble la mandíbula o que cuando se les moje el pelo se pongan a rascárselo de forma exagerada, muy exagerada.

La madre sonríe mientras llora, sin poder distinguir unas lágrimas de otras.

—Parezco una loca... —le dice a su hija.

—Sí, y buscaré a esa loca.

Aquella noche, madre e hija se durmieron juntas en la cama, sabiendo ambas que al día siguiente solo una de ellas despertaría.

∗   ∗   ∗

Polonia

Una mujer vuelve por el muelle en dirección al aparcamiento, pero sin ganas de regresar al hotel.

Decide que se quedará un rato más paseando por las calles de Sopot, el pequeño pueblo en el que se encuentra ahora mismo. Recuerda haber visto una casa torcida en algún folleto informativo o en alguna web de turismo, una casa extraña.

Decide ir a buscarla.

Camina sin dejar de pensar en el contenido de esa caja roja. ¿Qué hacía allí? ¿Quién la ha dejado? ¿Por qué? ¿Por qué? ¿Por qué?

Al girar una esquina hay algo que le suena familiar, un edificio antiguo, muy antiguo. Yo he estado aquí alguna vez, se dice a sí misma. Imposible, se contesta.

Camina por varias calles y, a cada paso, comienza a sentir mil recuerdos que nunca tuvo, yo he estado aquí, y aquí, y aquí, y aquí...

Llega, casi sin darse cuenta, a la casa torcida, una casa extraña, muy extraña, donde no hay ni una sola pared recta, una casa con forma de sueño.

Decide ir hacia ella y acceder a su interior, quizás en mi caso, piensa, en lugar de entrar, estoy comenzando a salir de la madriguera.

*   *   *

—Mi madre murió pero no del todo. Mi madre se fue pe, pero siempre ha estado aquí. Porque mi madre ha sido mi escudo ca, cada vez que he querido desaparecer.

Luna metió su cabeza totalmente en el sombrero.

—No fui consciente de lo diferente que era hasta que me lo dijeron los demás. Hasta que comenzaron a señalarme con el dedo, con la mirada y, sobre todo, con los pensamientos. Cuando eres tan pequeña no notas los matices en las reacciones de los adultos, no sabes distinguir si se están riendo contigo o si se están riendo de ti.

»Con tres o cuatro años no hay ningún niño que te mire de una forma diferente, pues no se fijan, no juzgan, eso solo lo hacen al crecer, porque lo ven en los adultos.

Suspiró y por un momento me dio la impresión de que el sombrero se hacía pequeño.

—Aprendí que cada vez que un adulto decía la palabra «especial» se estaba refiriendo a mí. *Esa niña es especial*, le decían a mi madre los médicos. *Esa niña es especial*, comentaban los padres del colegio. *Pobrecita, qué lástima, menos mal que no me ha tocado a mí, si le hubiera ocurrido a mi hija...,* esas eran las frases que yo escuchaba.

»Conforme fui creciendo los niños imitaron los comportamientos de sus padres, lo veían normal, era lo que escuchaban cuando nosotras nos alejábamos.

»Y yo, poco a poco, dejé de ser Luna para convertirme en la niña que habla mal, la niña que no sabe andar, la niña que se tropieza con todo, la niña especial...

»En su mundo yo era diferente porque me costaba mucho hacer cosas normales. En cambio nunca se dieron cuenta de que me costaba muy poco hacer cosas extraordinarias. Nunca se pusieron en mi lugar: yo no había elegido nacer así, no había una casilla donde pudiera escoger entre hablar bien o mal, entre estar sana o tener ELA, entre vivir sin dolor o tener un cáncer...

Luna descansó. Noté cómo lloraba dentro del sombrero.

—Cada vez me costaba más caminar, se me caían las cosas, me fallaban las piernas, los brazos... Esto es algo que ahí fuera nadie piensa. Nadie valora poder andar porque es lo normal, nadie valora despertarse en una cama sin tubos, sin vías conectadas al brazo... sin dolores, porque es lo normal. Nadie valora esos regalos de la vida.

Silencio.

—Hay muy poca gente que me haya querido. Pero entiendo que querer a alguien como yo supone mucho esfuerzo. Y aun así, ella siempre estaba ahí, escuchándome por las noches, poniendo su mano en la mía, siendo mi escudo. ¿Quién se atreve a decir que ha muerto con lo fuerte que la siento aquí dentro?

Y yo aguantaba las lágrimas apretando los dientes.

—Cuando mi madre dejó de respirar todo fue a peor. A partir de ese momento me encontré sola, mi única compañía era una ELA que crecería conmigo. Cada día era una pequeña pero sutil diferencia, al principio se me caían las cosas, después ya no podía cogerlas. Al principio andaba con dificultad, después ya no podía hacerlo. Mi vida se redujo a vivir en silla de ruedas, hoy en día puedo caminar durante muy poco tiempo, tres o cuatro minutos.

»Y cuando parecía que nada podía ir a peor, comenzó a crecerme algo en la cabeza. Y ella no estaba, ya no estaba allí conmigo, ya no la tenía a mi lado...

Sacó lentamente la cabeza y se acercó a mí para abrazarme. Y la abracé.

—Lo siento —me susurró—, a veces me pongo triste.

—La muerte siempre es algo triste.

—No estoy triste por su muerte, estoy triste porque no consigo encontrarla.

*　*　*

—Se lo prometí, y no lo consigo.

—Luna, sabes que me puedes contar cualquier cosa. Me gustaría saber más de tu mundo, de ese que hay en tu sombrero, de lo que ocurre en tu cabeza...

Y volvió a llorar.

—¿Qué pasa, Luna? ¿He dicho algo malo?

—No, no, todo lo contrario, creo que, que, que es la primera vez que alguien me pregunta qué sucede dentro del sombrero en serio, sin reírse de mí. Desde el primer día supe que entenderías mi dolor. Porque el dolor que siente una hija al perder a su madre es el mismo que siente una madre al perder a su hijo.

Fui yo quien comenzó a llorar.

¿Pero cómo podía saberlo?

* * *

Luna continuó hablando y yo pensando en esa pregunta: *¿Cómo podía saberlo?*

—A partir del tu, tumor en mi cabeza co, comencé a notar sensaciones extrañas... Igual me sentía feliz que me sentía triste, a veces las dos cosas a la vez. Todo era muy disperso, no po, podía canalizar toda la energía que me llegaba. En aquel momento aún no tenía el sombrero.

—¿Ah, no? —Era algo de lo que no habíamos hablado aún, ¿de dónde había salido aquel sombrero?

—No, el sombrero vino más tarde, vino a ayudarme a compensarlo to, todo. ¿Nunca has pensado que la vida te acaba dando lo que necesitas? —me dijo mientras me apretaba la mano.

Y yo sentí que me estaba apretando la vida.

—Por las noches co, co, comencé a tener muchos sueños. Lo más extraño de todo es que al despertar me acordaba de la mayoría de ellos. To, to, todos soñamos pero lo normal es que no lo recordemos, el cuerpo es inteligente y los borra prácticamente el mismo día, de lo contrario nuestra mente podría explotar. Pe, pero yo no los olvidaba: almacenaba los sueños como si fueran recuerdos.

Se rascó la nariz varias veces y le dio un espasmo en el cuello, tan fuerte que me dolió hasta a mí.

—Llegó un día en el que fui incapaz de distinguir si algo había ocurrido de verdad o lo había soñado. Y a partir de entonces comencé a sufrir dolores continuos en la cabeza, me desmayé en varias ocasiones hasta que mi cuerpo no aguantó más y entré en coma.

Aquello era cierto, según los informes se le indujo el coma para realizarle una operación muy delicada, no tenía nada que ver con lo que me estaba contando.

—Aquellos días viajé a un mundo que no po, podría describir. Llegué a un lugar que era ningún sitio. Sentí de todo sin te, tener sentidos. Fue como caer por un agujero sin llegar a ningún lado. Y fue allí, en aquel agujero, donde co, co, comencé a notar energías que de alguna forma se comunicaban conmigo. Aprendí a separar los sueños de los recuerdos. Era co, como si mi cabeza se hubiera hecho cien veces más grande, por dentro, claro, por eso a veces el sombrero me viene pequeño.

Sentí lástima por aquella niña que en realidad no había vivido nada extraordinario, simplemente había dejado libre su imaginación, la imaginación de una niña superdotada. Y aun así, cuando pensaba que no podía sorprenderme más, lo hizo.

—Al salir del coma me di cuenta de lo que estaba ocurriendo. —Se le iluminaron los ojos—. Fue gracias a un sueño en el que yo estaba caminando por una plaza y me paraba a observar una grúa gigante. Alrededor de la grúa había muchas personas intentando co, co, co, colocar una estatua en forma de arcoíris.

»En el sueño yo daba vueltas por la plaza, miraba a la gente, los restaurantes, volvía a observar cómo colocaban la estatua. Así estuve hasta que desperté.

»Por simple cu, curiosidad busqué en internet si había alguna plaza con una estatua de un arcoíris. Y sí, existía.

Me miró con la ilusión de un niño que cuenta su mejor aventura.

—Y a partir de ahora es cu, cu, cuando vas a dejar de creerme —me dijo.

* * *

Polonia

Una mujer regresa de Sopot sin dejar de pensar en el contenido de la caja, *¿por qué?*

Consulta el reloj para ver si llega a tiempo al colegio, parece que sí. Hoy ha decidido actuar de otro modo, pues ya sabe que la niña va a estar en la valla esperando a su madre, que de ahí se irá hacia el coche, que seguramente discutirán porque la niña no quiere ir con ese hombre...

Por eso va a utilizar una cámara con un gran objetivo que le permitirá grabar la escena desde lejos, para poder revisarlo todo más tarde, con tranquilidad, intentando encontrar algo que le justifique su presencia allí.

* * *

En realidad ya hacía tiempo que había dejado de creerla, simplemente estaba disfrutando de su imaginación.

—Voy a intentar hacerlo, Luna. Voy a intentar creerte, me digas lo que me digas.

Me miró con desconfianza.

—Ocurrió que sueño y realidad coincidieron. Al buscar noticias sobre esa estatua encontré muchas, y muy recientes. Noticias referidas al día en que la colocaron...

»¿Y sabe de qué fecha eran las noticias?

Me asusté.

—De ese mismo día, de tan solo unas horas antes de que yo hubiera despertado. Al revisar el cambio horario me di cu, cu, cuenta de que estaban poniendo la estatua en el mismo momento en que yo estaba soñando que la ponían.

Luna debió de notar un cambio en mi rostro. Mi mente buscaba explicaciones para justificar todo lo que me estaba contando y solo me quedaba una: la mentira.

—Estaba soñando la realidad. ¿Cómo era posible? —me dijo mirándome con ojos que imploraban comprensión—.

Busqué información relativa a lo que había estado soñando los días anteriores: fechas, lugares, actos, edificios... todo lo que yo soñaba se había producido en el mismo momento en que lo estaba soñando. Pero yo no había estado nunca ahí, entonces ¿de quién eran esos sueños?

Silencio.

—A final tuvo que morir alguien para darme cuenta de lo que me estaba ocurriendo, y ahí es donde entra en juego este sombrero —me dijo con un hilo de voz.

Noté cómo se le iba de nuevo la energía.

Se acostó sobre la cama, se tapó con las sábanas y cerró los ojos.

Le di un beso y me despedí de la niña con la imaginación más increíble que había visto en mi vida.

* * *

Al salir de su habitación me encontré con el hombre que siempre preguntaba por sus medicinas, le dije que Luna se había quedado dormida.

Continué por el pasillo en busca de Ayla, tenía que devolverle los documentos y de paso preguntarle por lo que había descubierto.

Estuve esperándola en la máquina del café hasta que, a los diez minutos, pasó por allí.

—Hola, hoy me toca invitarte a mí, ¿qué tomas? —le dije.

—Uno corto, gracias.

—Aquí tienes los documentos... Los cogió mientras me sonreía.

—Lo has encontrado, ¿verdad?

—¿Coincidencias? —le pregunté.

—¿Tantas? —me contestó con un gesto de duda.

—¿Hay otra explicación?

—Depende de lo que estés dispuesta a creer, claro. Si piensas que los seres humanos somos totalmente independientes unos de otros, que no hay nada que nos una, entonces será complicado. Si, en cambio, admitimos que hay muchas cosas que no somos capaces de explicar...

—¿Como que una niña pueda sentir la muerte de alguien cercano antes de que ocurra? —le pregunté.

—De alguien con quien tiene algún tipo de vínculo emocional... Recuerda que Luna conocía a todas esas personas. Pero lo del informe es solo un pequeño ejemplo. Verás, desde que llegó Luna a este hospital pasan cosas extrañas, difíciles de explicar.

—La directora me ha dicho que todo son trucos —le respondí.

Se rio mientras le daba un trago al café.

—¿Trucos? ¿Y cómo es posible que la mujer de la habitación con el punto rojo, diagnosticada con un Alzheimer severo, aprenda cosas nuevas? ¿Qué pasa en la habitación contigua a la de Luna? ¿Cómo es posible que haya niños incapaces de hablar con nadie excepto con ella? ¿Y cómo explicamos lo que ocurre por las noches en la habitación 444?

—¿La habitación 444? —le pregunté.

—Sí, en esa habitación casi todas las noches ocurre algo que según el sentido común no debería ocurrir.

—No entiendo.

—Digamos que los monitores se vuelven locos, durante unos minutos hay algo que los distorsiona. Se alteran todos los marcadores del paciente: la tensión, las pulsaciones... Incluso fallan las cámaras de seguridad. Y a los pocos minutos todo vuelve de nuevo a la normalidad.

—Me estás asustando.

—Bueno, es lo que ocurre, por eso nadie quiere ir por

allí a esas horas, se ha corrido la voz de que hay un fantasma.

—Y comenzó a reír.

Yo no sabía qué decir.

—No te preocupes, todo tiene una explicación. Con el tiempo lo entenderás. —Me sonrió.

Se acabó el café.

—¿Y si Luna fuera una evolución del ser humano? ¿Y si ella es nuestro futuro? ¿Y si está aquí para guiarnos?

Ahí fue cuando realmente me asusté. Que una niña con un tumor en el cerebro se inventara y creyera todo eso podía entenderlo, pero que aquella mujer también lo hiciera...

—Lo del símbolo del infinito no es ningún truco, se lo aseguro, yo he enviado prácticamente todas las cartas que me ha dado...

Me quedé con la sensación de que allí había algún tipo de virus que volvía loca a la gente.

* * *

Luna se enamora

Casi dos años antes. Luna se enamora

Hasta ese momento Luna no había vivido la sensación de flotar en el aire aun estando varada en el suelo; no había sonreído sin razón ante una simple mirada; no había tenido esas ganas de empujar el sol durante la noche para que llegase cuanto antes el día; no sabía tampoco por qué de pronto le había nacido un universo de mariposas en el estómago...

Fue todo eso lo que sintió después de conocer a un chico especial, muy especial. Un chico que no se fijó en esos movimientos tan extraños que ella, a veces, hacía con la cabeza; que no le dio importancia a que se moviera la mayoría del tiempo en una silla de ruedas; que no contó el número de dedos que tenía ni el tamaño de los mismos... y, por extraño que parezca, un chico que no pareció darse cuenta de que la niña tartamudeaba.

Un chico que no se fijó en que Luna era diferente, quizás porque él lo era aún más.

* * *

Día 7. Hospital

Aquel día al llegar al hospital apreté el botón del ascensor asustada. Nunca sabía si al salir iba a encontrarme un lazo negro en el mostrador. Por suerte no fue así.

Caminé en dirección a la habitación de Luna. La mujer de siempre se detuvo frente a mí. Yo ya estaba preparada para la pregunta, pero esta vez me sorprendió.

—¿Ha visto ya al niño mago? —me dijo.

—¿Al niño mago? —le repetí acercándome a ella.

—Sí, el niño mago. Ese que hace trucos increíbles. ¿Sabe que era capaz de comer por el ombligo?

—¿Por el ombligo? —le contesté intentando asumir todo lo que me estaba diciendo.

—Sí, y tenía muchos trucos más. Podía convertir sus uñas en rotuladores y pintarse con ellas la piel.

»Pero el más increíble de todos los trucos no le dio tiempo a hacerlo: el Super Gran Truco Final...

En ese momento recordé la conversación que tuve con la

directora, ella también me habló sobre eso y lo curioso es que lo nombró de la misma forma: el Súper Gran Truco Final.

¿Cómo podía aquella mujer recordar las palabras exactas?

—¿En qué consistía ese truco? —le pregunté.

La mujer me sonrió como quien conoce un secreto que no va a desvelar. Acercó su rostro al mío.

—Nunca lo dijo... —me susurró con la ilusión de una niña—. Era tan increíble que nunca se lo dijo a nadie... Pero igual hoy lo hace.

—¿Está aquí? —le pregunté.

—Siempre está por aquí, pero creo que hoy además ha venido —me respondió regresando a su habitación.

Avancé por el pasillo y la mujer que estaba en la habitación contigua a la de Luna salió a la puerta.

—Esta noche ha venido mi marido —me dijo.

—¡Qué bien! Pero... ¿ha venido por la noche?

—Sí, claro, solo puede venir por la noche, cuando nadie lo ve. Creo que se sube por la pared del edificio y se mete por alguna ventana. Después hay una niña que lo ayuda a entrar, esa del sombrero, ¿la conoce?

—Sí, sí, claro —le dije intentando asimilar cuál era la realidad de aquella historia.

Y sin decirme nada más se fue hacia su cama.

Entré en la habitación de Luna y me la encontré hablando con una chica de más o menos su edad.

Esperé durante unos instantes hasta que salió.

—Es una amiga del colegio, de vez en cuando alguien de allí viene a verme —sonrió.

Se sentó sobre la cama, cogió el ordenador y me pidió que esperara unos minutos.

Dejé mi bolso en la silla y unos documentos sobre la mesita de escritorio.

—¿Qué es el amor? —me preguntó.

Otra pregunta que me pillaba desprevenida.

—Bueno... —titubeé— podría decir que es lo más bonito que hay en la vida. El amor nos hace humanos.

—¿Y de dónde sale? —volvió a preguntar.

—¿Qué? No te entiendo, Luna.

—Sí, ¿de dónde sale? ¿Por qué queremos a unas personas y no a otras? ¿Por qué un día nos encontramos co, co, con alguien al que hasta ese momento no habíamos hecho ni ca, caso y de pronto nos enamoramos? ¿De dónde ha salido esa energía?

En realidad nunca me lo había planteado, ¿de dónde salía esa energía que de pronto lo desbordaba todo?

—Supongo que de nuestro interior, de ahí sale. Al igual que el odio, la rabia, el dolor...

—¿Por qué dos personas se enamoran? ¿Por qué unas combinaciones funcionan y otras no?

—No lo sé, Luna, no lo sé —me rendí—. A veces me haces preguntas demasiado difíciles.

Me miró extrañada, quizás porque no era la respuesta que esperaba oír, y menos de una psicóloga. Continuó.

—Todo en la vida es energía. Hay formas de ganarla y formas de perderla. La enfermedad te la quita, y el amor te la da. Yo sigo viva porque un día co, co, conseguí guardar parte de esa energía en un sitio. Y así cu, cu, cuando la necesito puedo utilizarla.

Como tantas veces ocurría acabábamos de pasar del plano real al imaginario. Habíamos entrado en su mundo.

—¿Tienes guardada esa energía? —le seguí el juego.

—Sí, claro —contestó seriamente.

—¿Y dónde está?

—Ahí —me dijo señalándome el sombrero.

—¿En tu sombrero?

Y lo curioso es que me sorprendí. Aun después de todas nuestras conversaciones, aun después de todas las cosas que me había contado, continuaba sorprendiéndome con sus respuestas.

—Sí, pero el sombrero no es mío, me lo han prestado, tengo que devolverlo. Bueno, yo, o quizás otra persona, ¿quién sabe?, igual le tengo que pedir el favor de que sea usted quien lo devuelva.

»En este sombrero está to, toda la energía que pu, pude acumular durante aquellas semanas. Porque lo más bonito que tuvimos lo guardé aquí: cada risa, cada broma, cada mirada, cada beso que me dio el niño mago... y la verdad es que me pudo dar muy pocos... todo eso lo guardé aquí.

* * *

El niño mago. Casi dos años antes

Una camilla entra por la zona de emergencias de un hospital en plena noche. Sobre la misma va un niño con demasiado dolor rodeándole el cuerpo.

Sus padres, que llevan la derrota de tantas batallas dibujada en el rostro, lo acompañan. Les encantaría abrazarlo pero no pueden, hace ya demasiado tiempo que han aprendido a expresarle su amor sin utilizar el tacto.

Esta vez el ataque ha sido tan fuerte y tan intenso que han tenido que llamar a una ambulancia.

Son casi las cinco de la madrugada cuando Luna, una niña que no duerme por las noches, escucha ruidos en el pasillo. Deja su portátil y, lentamente, se baja de la cama. Aunque al segundo paso casi se cae al suelo. Le gustaría llorar, pero ya ha aprendido que eso no ayuda demasiado.

Se arrastra por el borde de la cama para llegar al final de la misma y, desde ahí, alcanza la silla de ruedas. Se sienta en ella y se asoma al pasillo para ver lo que ocurre: en la habitación de enfrente han traído a un nuevo paciente. Se da cuenta de que no es un adulto, es un niño. Extraño. Se mantiene ahí, esperando el momento para poder acercarse.

Tras más de una hora, la mujer que acompaña al niño sale de la habitación en dirección a la máquina de café que hay al final del pasillo, justo al lado del ascensor. Luna, por experiencia, sabe que a partir de ese momento tiene, al menos, unos cuatro minutos libres.

Sale directa hacia la habitación de enfrente. Y entra. Y se acerca al rostro de un niño que aun estando con los ojos abiertos se mantiene entre la realidad y el sueño.

Al verla frente a él, le sonríe.

—Me llamo Luna —le susurra.

—Yo Nico —le contesta con un hilo de voz.

—¿Qué te ha pasado? ¿Por qué llevas todas esas vendas? ¿Te has quemado? —le pregunta ella.

—No...

—¿Y entonces? —pregunta de nuevo Luna. Pero el niño, debido a la medicación, se duerme.

Luna escucha ruidos que vienen desde el fondo del pasillo y decide regresar a su habitación.

* * *

Polonia

La mujer observa cómo la niña permanece detrás de la valla, aferrada a los barrotes, mirando a todos lados, como si estuviera esperando a alguien.

A los pocos minutos llega la madre, la coge en brazos y se la lleva en dirección al coche. Una vez allí, el hombre sale, abre la puerta trasera y coge a la niña. Es en ese mismo instante cuando la pequeña se vuelve loca: gritos, patadas, puñetazos... es como si, por alguna razón, la pequeña lo odiara.

Es la madre quien, finalmente, ante la desesperación del hombre, coge de nuevo a la niña e intenta que se calme. Imposible. La coloca a la fuerza en la sillita.

La mujer lo está grabando todo desde la distancia, para poder volver a verlo más tarde. Con la esperanza de encontrar alguno de los comportamientos que demostrarían que existe la magia. Lo duda.

* * *

El niño mago. *Casi dos años antes*

Un niño despierta conectado a una máquina que le sostiene la vida. Mira a ambos lados confuso, no sabe dónde está. Reconoce a su madre y eso lo tranquiliza. Le gustaría recibir un abrazo para sentirse protegido pero sabe que ahora mismo es complicado.

Sueña, y lo lleva haciendo toda la vida, que un día podrá levantarse de la cama sin sentir dolor, como cualquier niño normal; que podrá quitarse el pijama él mismo; que no necesitará ayuda para vestirse... como un niño normal.

Sueña también que un día, al despertar, será capaz de agacharse y, con sus propias manos, abrocharse los cordones de las zapatillas. *Eso ya sería lo más*, se dice a sí mismo. Sueña que podrá ir al lavabo sin miedo, lavarse la cara sin miedo, secarse las manos sin miedo...

Sueña incluso con esas pequeñas cosas que a la gente le da pereza hacer: le encantaría poder subir escaleras, jamás volvería a coger un ascensor; tirar la basura; limpiar el coche de sus padres con una esponja y sus manos...

Pero hoy no es el día en que sus sueños se han hecho realidad, por eso se levanta despacio, intentando no hacerse demasiado daño. Porque para él cada movimiento es como jugar con un avispero.

Es en el momento en que apoya el codo contra el colchón cuando se queja y su madre se despierta.

La mujer lo mira sabiendo que si fuera posible intercambiar sus vidas, ella lo haría. Tiene ganas de apretarlo entre sus brazos y decirle que todo esto pasará, pero sabe que le mentiría, porque esto nunca pasará. Se ha prometido no llorar, al menos delante de él, es algo que el niño no puede permitirse. En lugar de eso, le toca suavemente el brazo por encima de la venda y, con mucho cuidado, le da un beso en la frente. Un beso que al niño le duele, aunque no lo diga.

—Hola, mamá —le dice forzando una sonrisa.

—Hola, cariño, ¿cómo estás? —le pregunta sabiendo ya la respuesta.

—Me duele.

—Ya lo sé, pero aquí un poco menos que en casa, un poco menos que esta noche, ¿verdad?

—Sí, un poco menos —le miente.

La madre alarga la mano y se la entrega, es él quien va a decidir con qué fuerza la aprieta.

—He soñado que venía una niña a verme —le dice mientras unen delicadamente sus manos.

En la habitación de enfrente, Luna, al escuchar la voz del niño, ha bajado de la cama con la intención de volver a verlo.

Es más o menos a la media hora, cuando la madre recibe una llamada y sale.

—Voy a por algo de desayunar —le dice a su hijo— subo en diez minutos, ¿estarás bien?

—Sí, claro, no es la primera vez —sonríe.

Luna, empujando con fuerza su silla, aprovecha para visitarlo. El niño nada más verla sonríe: ha descubierto que a veces los sueños son reales. Y eso le da alguna esperanza.

—Hola, soy Luna —le dice cuando llega a su altura.

—Hola, soy Nico —le contesta él.

—Sí, ya lo sé, me lo dijiste anoche —sonríe mientras intenta levantarse apoyando sus brazos en la cama. Desearía no tener ningún tic en ese momento, poder aguantar de pie, no tartamudear demasiado...

Y es entonces cuando ocurre todo lo contrario. Luna nota que se le mueve involuntariamente la cabeza. Eso hace que se ponga aún más nerviosa. Levanta su mano para detener los movimientos y es al quitar uno de sus apoyos de la cama cuando sus piernas le fallan: cae sobre la silla de ruedas. En la caída se le mueve la peluca quedando una parte de la cabeza desnuda junto al niño.

Y allí, sentada sobre la derrota, llora. Llora porque no es tan fuerte como aparenta, porque le gustaría ser una niña normal y poder quejarse al ver su vestido favorito sucio el día del baile del instituto; quejarse porque su madre no le deja salir más tarde de las doce; porque en el concierto al que ha ido estaba tan lejos que había momentos en los que no veía el escenario; porque en la excursión que ha hecho con sus amigos en bici se le ha pinchado una rueda... Todo eso le gustaría.

—Soy Nico —le contestará el niño nervioso.

Luna no levantará la cabeza, continuará mirando al suelo

envidiando los momentos cotidianos que viven las personas normales, pensando en todo lo que no puede hacer.

—Me gustaría darte la mano para presentarme —continúa el niño—, pero no puedo; me gustaría abrazarte para que no llores, pero no puedo; incluso me gustaría llorar contigo, pero no debo. Daría lo que fuera por poder hacer muchas de las cosas que tú puedes hacer.

Luna se limpia las lágrimas y se recoloca la peluca.

Ambos se observan sin saber aún que serán las personas más importantes que conocerán en lo que les queda de vida. Al apartar la mirada Luna descubre un objeto sobre el sillón que le llama la atención, un objeto que le cambiará la vida.

—¿Qué es eso?

✳ ✳ ✳

El niño mago. Casi dos años antes

—Un sombrero. Es que soy mago.

—Ah, sí, ¿y qué magia puedes hacer?

—La mejor que has visto nunca —le dice.

—¿Como qué? —pregunta con una sonrisa la niña.

—Pues puedo hacer aparecer y desaparecer cosas.

—Pero eso no es nada extraordinario, to, to, todos los magos hacen aparecer y desaparecer cosas.

—¡Y también personas!

—¿Personas? —pregunta sorprendida Luna.

—Sí, ni te imaginas las personas que han desaparecido de mi vida durante los últimos años... —Y el niño comienza a reír—. Seguro que a ti te ha pasado lo mismo.

—Sí, claro, yo también sé hacer ese truco —le dice una niña que ha ido perdiendo amigos con el tiempo, pues no es nada fácil mantener una amistad con personas como ella.

—Y, por supuesto, también soy capaz de adivinar pensamientos, sobre todo los de esas personas que me ven y apartan la mirada. —Vuelve a reír—. Cuando alguien me mira puedo adivinar lo que piensa.

Y ambos ríen. Y quizás por unos segundos, olvidan que están enfermos.

—¡¿Qué más?! —le pregunta la niña ilusionada.

—Puedo cambiar el color de mi piel con solo tocarme.

—¡¿En serio?! —casi grita.

—Por supuesto, mira.

El niño toca con su dedo varias partes de su brazo y de pronto le aparecen pequeñas pecas rojas.

—¡Vaya! ¡Increíble! —se sorprende Luna.

—¿Y quieres saber uno de mis mejores trucos?

—Sí, claro.

—Puedo comer por el ombligo.

—No me lo creo —protesta Luna.

—Ya lo verás. En cuanto me recupere un poco te voy a demostrar que soy el mejor mago del mundo.

Y Luna no lo dudará, porque de momento ya ha conseguido hacer algo que todos los medicamentos no han logrado: que sienta unas ganas de vivir como no ha tenido nunca.

* * *

El niño mago. Casi dos años antes

A partir de aquel día Luna y Nico, Nico y Luna se convertirán en amigos inseparables.

Y con la amistad, llegará el amor.

Un amor que conseguirá que el niño olvide que vive envuelto en dolor; que conseguirá que la niña olvide que tiene un tumor que le está conquistando la cabeza.

Un amor complicado, porque tendrán que quererse sin apenas tocarse, sin casi abrazarse, con caricias calculadas... y aun así, aun sabiendo que todo contacto va a ser doloroso, llegará el primer beso. Será un beso suave, delicado, con la fuerza justa que equilibre dolor y placer.

No es fácil un primer beso y menos aún para ellos.

Nunca pensamos en lo excepcional que es lo ordinario para las personas diferentes: el primer beso en los labios; la primera mirada sincera, esa que llega sin restos de compasión; el abrazo real, ese que no juzga; el *te quiero* sin peros...

La niña estaba tan nerviosa que tenía miedo a no acertar.

Quería hacerlo con la presión adecuada para no hacerle daño, para que el recuerdo del primer beso no fuera con sangre en los labios. El niño, en cambio, estaba tan emocionado que no le importaba sentir dolor, le daba igual cómo se acercara su boca, solo quería besar a esa niña que le había devuelto la ilusión por la vida.

Fue por la noche. El niño le enseñó un dibujo explicándole un nuevo truco, ella se acercó para verlo... Y ambos, al mirarse, se fueron uniendo, midiendo la fuerza, la ubicación y la distancia...

Cuando sus labios se encontraron sintieron una fuerza desconocida. Aquel día Luna entendió su propia teoría: las personas están unidas por energía.

*   *   *

Polonia

Se ha vuelto a quedar sola en las afueras del colegio, bajo la lluvia. Hoy tampoco habrá visita al parque, pero al menos tiene la grabación.

Se siente mal porque no está averiguando nada, aunque quizás no hay nada que averiguar. Podría ir a la casa de la niña, llamar a la puerta y... ¿y entonces qué?

Camina hacia la casa de la pequeña asumiendo que no va a llamar a la puerta; asumiendo que lo único que hará será volver de nuevo a la cafetería.

Llega. Ve el coche, y también a la niña. Está fuera, en el pequeño patio, jugando con un balón. Pasa por delante de la casa y se detiene frente a la valla. La niña se da cuenta y, en lugar de irse, se acerca a ella.

Se agarra a los barrotes e intenta meter la cabeza entre ellos, de la misma forma que lo hace en el colegio. Ambas se miran, en silencio, sin palabras. La mujer piensa que la niña la ha reconocido y por eso, nerviosa, se da la vuelta. Cruza la calle y entra en la cafetería. Tiembla.

Pide un café y se sienta en una mesa junto a la ventana, desde allí puede observar que la niña continúa asomada entre los barrotes, como esperando a que ella vuelva.

Tras unos minutos, la pequeña se va. Y la mujer suspira aliviada.

Comienza a descargar los vídeos que ha grabado a su ordenador. Al reproducirlos se fija en cada uno de los gestos de la niña. Se fija a ver si cuando se ha puesto a llorar de una forma tan violenta le temblaba la mandíbula, pero ni aun haciendo zoom consigue verlo, demasiado borroso. Ha habido un momento en el que parece que se le ha mojado el pelo, pero tampoco ha tenido ningún comportamiento especial.

Por una parte se alegra, porque eso significa que la realidad aún se basa en reglas. Pero por otra le hubiera gustado encontrar alguna evidencia de la teoría de Luna.

No se siente engañada, eso nunca, porque sabe que Luna no mentía, aquella niña solo contaba lo que veía en su mundo, en ese que había en el interior de su sombrero.

Y la mujer comienza a plantearse su regreso a casa.

A los pocos minutos un hombre con un enorme paraguas, una gabardina que le llega hasta el suelo y unas botas negras entra en la cafetería.

La mujer lo reconoce.

Pide un café para llevar mientras habla con la camarera. Y una vez que lo tiene en la mano, busca con la mirada a la mujer. Se dirige directamente hacia ella.

* * *

—¿Y qué guardas en ese sombrero? —le pregunté a Luna mientras me contaba cómo conoció a Nico.

—Aquí guardo todos los momentos bonitos que viví con él. Los dos éramos ta, tan diferentes y a la vez tan iguales. Durante los días que estuvimos juntos nos convertimos en uno: él me ayudaba a mí y yo le ayudaba a él, le ayudaba como podía, claro. Ca, casi sin tocarlo, intentando no hacerle demasiado daño... porque Nico tenía EB.

—¿EB? —pregunté.

—Epidermólisis bulbosa —dijo sin tartamudear. Silencio.

—Es lo que se suele llamar piel de mariposa. Su cu, cuerpo no produce la proteína encargada de que la piel sea resistente y en cu, cuanto la tocas se rompe. Nico tenía que someterse a cu, cu, curas diarias de entre dos y cuatro horas con vendas especiales. Y aun así, eso no es lo peor de todo, pues la enfermedad no solo afecta a la piel, sino también a otras pa, pa, partes del cuerpo que no se ven: la boca, el tubo digestivo... Cualquier roce de un trozo de comida po, po, podía provocarle una herida en su interior... tenía que comerlo todo triturado. Nico hubiera dado lo que fuera por poder comer cualquier alimento de una forma normal. Por eso cuando llega aquí alguien que se queja de que no le gusta esta o esa comida, le hablo de Nico.

Noté cómo Luna se apagaba.

—Pe, pe, pero todo eso no nos impidió pa, pasar los mejores momentos de nuestras vidas *¡ya!* recorriendo juntos el hospital, en nuestras dos sillas de ruedas. Él se sabía mil trucos y muy buenos.

»A los po, pocos días decidimos hacer un espectáculo para todo el hospital. *¡Vale!* Y también organizábamos pases privados en las habitaciones donde los enfermos no po, po, podían salir...

Aquella tarde Luna revivió conmigo los bonitos momentos que se habían quedado guardados en sus recuerdos. Aquella tarde me habló de cómo planificaban cada una de sus actuaciones, de las horas que invertían ensayando cada truco, de las veces que tuvieron que anular sus sesiones por algún tipo de tratamiento...

Me explicó también partes más íntimas: cómo se acariciaban casi sin acariciarse, cómo se abrazaban sin apenas poder tocarse, cómo se besaban sin apenas rozarse...

—Aquí dentro —me dijo—, to, to, todo es más difícil, incluso el amor. Porque ahí fuera, cu, cu, cuando uno se enamora puede abrazar a su pareja sin miedo a romperla.

Noté en sus palabras la intensidad con la que había querido a aquel niño. Fue tras casi dos horas de estar allí cuando le hice una pregunta que le cambió el rostro.

—Por cierto, Luna, ¿qué significa el truco final?

Se metió dentro del sombrero.

El niño mago. Casi dos años antes

Fueron pasando los días y poco a poco el niño que se deshacía por fuera se comenzó a deshacer también por dentro. Al ser consciente de que su tiempo se le acababa decidió confesarle algo a Luna.

—Estoy preparando el truco más especial que haré en mi vida —le dijo mientras se tocaban con la punta de los dedos.

—¿Qué es? —preguntó Luna.

—Dices que todo es posible, ¿verdad?

—Todo —le contestó ella.

—Será mi gran truco, ese truco con el que te quedarás con la boca abierta, con el que todos admitirán que soy el mejor mago del mundo. Voy a conseguir que...

Y en el momento en que el chico le susurra el final de la frase, Luna comienza a llorar como nunca lo ha hecho, porque sabe que ese truco es imposible. Porque sabe también que a pesar de eso, el niño lo intentará.

Lentamente unen sus labios entre sangre y lágrimas.

Polonia

En una cafetería de una ciudad de Polonia un hombre se dirige a la mesa de una mujer que lo observa sin saber muy bien qué intenciones tiene.

—¿Puedo sentarme? —le pregunta en inglés.

La mujer accede con un leve gesto de su cabeza. El hombre se sienta frente a ella.

—La he visto esta mañana en el muelle.

La mujer se acuerda ahora del hombre que vio hace dos días caminando por la playa, bajo la lluvia.

—Me gusta pasear por la zona a primera hora, es mi lugar favorito. Me ha parecido una bonita casualidad encontrarla allí. Es un lugar precioso.

—Sí—le contesta la mujer que, poco a poco, quizás por el tono de voz del hombre, quizás por su edad... le genera una cierta ternura.

—Para mí es un lugar muy importante, tanto para lo bueno como para lo malo.

El hombre toma lentamente un sorbo de café.

—No la molesto más. Solo quería saludarla y devolverle esto, creo que se lo ha dejado olvidado en un banco esta mañana —le dice mientras se levanta y saca del gran bolsillo de su gabardina una caja roja que deposita sobre la mesa.

Y el hombre se va.

Y la mujer está a punto de decirle que no, que esa caja no es suya, que el pequeño elefante de peluche que hay dentro no es suyo... el problema es que no sabe si estaría diciendo la verdad.

*   *   *

—¿Qué ocurre, Luna?

—Lo malo de recordar momentos bonitos con alguien que se fue, es que al final siempre te acabas acordando de que ya no está.

Luna continuaba hablando desde dentro del sombrero como si allí no pudiera hacerle tanto daño la realidad.

—Me prometió que seguiría intentándolo... y es verdad, en eso no mintió. Lo ha seguido intentando desde entonces y sé que lo seguirá haciendo.

Yo me había vuelto a perder en sus palabras porque en muchas ocasiones no sabía si utilizaba de forma correcta los tiempos verbales.

—Un día me prometió que haría un truco de magia increíble, que nos dejaría a todos sorprendidos... —Luna sacó la cabeza del sombrero y se miró las manos—. Me dijo que, que, que co, co, conseguiría que me crecieran los dedos índices, ¿qué le parece?

Una lágrima comenzó a caer por la mejilla de la niña.

—El Super Gran Truco Final, lo llamó. —Silencio. Y otra

lágrima siguió a la anterior. Volvió a meter la cabeza en el sombrero.

»Y lo intentó. Cada noche venía a mi habitación y con un tacto que casi no podía utilizar lo intentaba. Lo intentó cien veces, mil veces... y yo le dejaba, porque cada vez que lo hacía sabía que me estaba queriendo. El amor que no me podía dar con besos, me lo daba acariciándome los dedos.

»El truco consistía... —y comenzó a temblarle la voz desde dentro del sombrero— en que ambos saldríamos al escenario y nos pondríamos frente a frente. En ese momento yo extendería mis brazos y abriría todo lo posible mis manos. Él aplaudiría tres veces: una, dos y tres.

»Entonces cogería con sus manos cada uno de mis dedos índices. Cerraría los ojos durante unos segundos y al abrirlos mis dedos habrían crecido.

Silencio.

Y yo comencé a temblar.

Miré alrededor por si había alguna cámara oculta, por si me estaban gastando una broma. Porque yo ya había oído esa historia, me la había contado la directora... pero en otro lugar, en un parque con un niño pequeño...

—Fue la primera vez que dibujé en esa pizarra un infinito —continuó Luna—. La primera vez que entendí que dentro de este sombrero podía encontrar lo que veía en mis sueños.

* * *

El niño mago

El niño mago se moría. Ya no era solo su piel la que se rompía a trozos al mínimo roce, también por el interior se agrietaba: su cuerpo vivía en una herida eterna.

Había llegado el punto en que cambiarse de ropa era como frotarse con agujas, que incluso al cerrar los ojos los párpados le dolían. Las heridas que se le hacían en los dedos de los pies eran tan frecuentes que se había pegado la piel entre ellos.

Ya hasta hablar le costaba, las ampollas que se le formaban en la boca se traducían en dolor al pronunciar cada palabra.

Durante los últimos días, al igual que le había ocurrido en alguna crisis anterior, los médicos optaron por introducirle la comida directamente en el estómago, a través de una sonda en el ombligo. Ya ni siquiera lloraba, porque hasta las lágrimas le ardían.

El niño mago pasó sus últimos días en la cama, imaginando cómo hubiera sido una vida normal. Se imaginó abrazando a Luna sin tener que medir la fuerza del abrazo; aprendiendo a ir en bici, algo que no había podido hacer por miedo a caerse; jugando en la playa sin que la arena fuera metralla contra su piel; lanzándose por un tobogán; comiendo por la boca comida normal...

Y entre todos esos pensamientos, siempre buscaba un momento para averiguar de qué forma podía conseguir que a Luna le crecieran los dedos. Y lo hacía porque quizás aquella utopía era lo único que lo mantenía aún con vida.

Pero llegó el momento en el que, como lo hacen los grandes magos, aquel niño realizó su último truco: desapareció en silencio, sin que el público lo notase.

Lo curioso es que el dolor de su muerte llegó unos minutos antes a la habitación de una niña que, de pronto, sin motivo aparente, comenzó a gritar en la noche. Varios médicos acudieron a atenderla sin saber que Luna solo era el relámpago, el trueno iba a explotar en unos segundos en la habitación de enfrente.

* * *

Polonia

Una mujer se despierta nerviosa a las seis de la mañana. Ha vuelto a soñar lo mismo: esa caída hacia ningún lugar que nunca acaba. Pero esta vez el sueño ha sido mucho más real que de costumbre.

Nerviosa, enciende la luz y mira la mesita: la caja continúa ahí, es real.

La caja no es mía. La caja no es mía.

La caja no es mía, se insiste a sí misma.

Cierra los ojos intentando dormir de nuevo, pero sabe que no lo conseguirá, son demasiadas cosas las que ocurren y no entiende.

Después de una hora de insomnio enciende de nuevo la luz y abre la caja: el elefante de peluche continúa ahí, también es real.

Vuelve a pensar en su infancia, en aquella obsesión por los elefantes de peluche. Recuerda su colección, tenía más de cincuenta, de todos los tamaños, de todos los colores... Nunca supo el porqué, pero le encantaban los peluches con forma de elefante, cuando veía uno necesitaba cogerlo, necesitaba tenerlo.

Después de desayunar coge el coche para visitar el muelle. Necesita respuestas y sospecha que allí volverá a encontrarse con el hombre de la gabardina negra.

Carretera. Lluvia.

Y llega. Y deja el coche en un aparcamiento casi vacío.

Camina hasta el principio del Molo y desde allí ve a un hombre justo en el otro extremo, al final del muelle, en ese lugar donde te puede tragar el mar.

Un hombre que se pregunta si todo lo que está haciendo tiene algún sentido. Un hombre que no deja de pensar en esa carta que le llegó hace unos días...

¿Quién la envió?

¿Para qué?

¿Y si está haciendo el ridículo?

¿Y si todo ha sido una broma?

* * *

—Cuando el niño mago se fue, una parte de mí se fue con él. —Luna continuaba hablando desde dentro del sombrero—. Pero también ocurrió lo contrario, una parte de Nico se quedó conmigo. Porque todos estamos formados por partes de otras personas.

»A partir de aquel día comenzaron a llegarme imágenes extrañas... sobre todo por las noches, mientras soñaba. No lo relacioné al principio, pero pasados unos días me acordé de que me ocurrió lo mismo cuando se murió mi madre, exactamente lo mismo. A los pocos días comencé a tener los mismos sueños extraños: sangre, oscuridad, ruidos... como si estuviera metida en una caverna.

»Un día tenía tantas imágenes en la mente que pensé que sería buena idea meter la cabeza en el sombrero de Nico, me lo había dejado como regalo. Y aquello lo cambió todo: conseguí aislar los pensamientos y ver las imágenes con mucha más nitidez.

»A los ocho o nueve meses, una noche, nada más ponerme el sombrero comencé a escuchar latidos de corazón, una respiración acelerada, todo era rojo y oscuro a mi alrededor... y de pronto el sombrero se iluminó por dentro. Escuché una voz: *Ha sido un niño, enhorabuena.*

* * *

Hacía ya tiempo que había asumido que la imaginación de Luna era prodigiosa, el problema es que se había inventado un mundo tan complejo que quizás ya no podía salir de él. Quizás ya no era capaz de distinguir la ficción de lo real.

—Apunté la fecha de aquel día —continuó desde el interior de su sombrero— porque yo sabía que había visto un parto. Con el paso de los días continuaron llegándome imágenes confusas. Fue a los meses cuando comencé a ver en mi mente una cama, una habitación, unos padres... Distinguí pequeños datos que me sirvieron para localizar la casa donde vivía el bebé al que había visto nacer.

Yo continuaba escuchándola, maravillada con una historia tan increíble. Que fuera mentira, a esas alturas, era lo menos importante.

—Encontré la casa, y accediendo a sus móviles descubrí que la pareja había tenido un niño justo en la misma fecha en que yo soñé el parto.

»Ya tenía la ciudad, su casa y el parque al que iba por las mañanas con su madre. Solo me faltaba convencer a alguien para que me llevara hasta allí. Y lo conseguí, la directora del hospital accedió. Cuando llegamos y le vi la piel cubierta de pecas supe que era él.

Silencio.

—Durante mi vida he estado viendo cosas que no entendía, desde la muerte de mi madre tuve sueños que no supe interpretar, y me arrepiento tanto. Porque ahora ya casi no los recuerdo, es como si ese vínculo se hubiera debilitado. No se ha perdido, pero tengo que hacer mucho más esfuerzo para encontrarla, y cada vez me queda menos tiempo para hacerlo. Por eso cada noche busco pistas que me lleven hasta ella. Tengo que encontrar a mi madre.

Salió del sombrero y me miró, quizás buscando comprensión por mi parte. Asentí.

—Puedo captar energías de las personas. Sobre todo si he estado unida emocionalmente a ellas. Por eso vi tus heridas internas, por eso supe lo de tu hijo... porque quizás, en el pasado, tú y yo fuimos parte de la misma persona.

* * *

Polonia

Una mujer comienza a andar sobre sus miedos, se dirige hacia el hombre que está al final del muelle.

No mira hacia el mar, no mira hacia el suelo, no mira hacia ningún lugar en concreto.

Un paso más, y otro, y otro... y así, metro a metro, se va salpicando sus temores.

Ya está cerca.

Hoy llueve menos, pero hace mucho más viento. Ya está a punto de llegar hasta él.

* * *

Luna me miró fijamente.

Recordé las palabras de la directora del hospital: todo tiene truco. Y aquella historia que me acababa de contar también podía tenerlo. Luna podría haber buscado un niño que tuviera pecas por todo el cuerpo, simulando las marcas del niño mago, y después de localizarlo, ir a verlo. Y lo de los dedos índices... quizás a cualquier niño pequeño le habrían llamado la atención aquellos dedos. Solo era un truco.

—¿Cómo perdiste a tu hijo? —me sorprendió.

La miré a los ojos y comencé a sospechar. Ella tenía que saberlo, tenía que haber descubierto la información del accidente, en algún sitio la había encontrado, ella era capaz de meterse en cualquier ordenador...

Y ahí lo entendí todo. ¡Claro! Aquella niña podía entrar en cualquier sistema, por qué no en mi propio portátil. Ahí estaba toda la documentación del accidente: los datos del juicio, los nombres de los abogados, los informes del seguro... todo. Quizás esa niña me había estado investigando incluso antes de ir el primer día al hospital, para ver quién era yo. Acababa de descubrir su truco.

Sonreí, pero eso no evitó que mi mente regresara al peor día de mi vida.

—Fue un accidente... —le dije.

Una avalancha de recuerdos golpearon mi mente: las prisas, la carretera, el coche negro...

—Y lo último que hice fue gritarle... —exploté a llorar—. Le grité a la persona que más quería en mi vida.

—A la persona que más quieres —me rectificó—, los sentimientos co, continúan aunque la persona ya no esté.

Suspiré.

—Yo soy ca, capaz de ca, captar esos sentimientos —insistió—, o esa energía, o esas sensaciones... Lo supe en el momento en que te conocí, no me hizo falta ver tus lágrimas externas porque estaba viendo las que te goteaban por dentro.

Me abracé a ella. Porque aun sabiendo que todo era un truco, sus intenciones eran buenas.

—Hay algo que el ser humano aún no ha entendido —continuó—. Cuando alguien muere no ha desaparecido, solo se ha ido el cuerpo, pero todo lo demás está ahí. Todos esos pe, pe, pequeños detalles que nos hacen únicos: nuestro olor preferido, las pequeñas manías, nuestros miedos... todo eso continúa. Y para demostrártelo mañana estaremos con ellos.

—¿Con quién? —le pregunté asustada.

—Mañana estaremos con los dos: tú con tu hijo y yo con mi madre. Y nos los presentaremos. Pero eso será mañana, hoy ya estoy muy cansada...

Luna se tumbó lentamente en la cama y cerró los ojos.

Aquel día salí de allí con una promesa imposible: *Mañana estaremos con los dos, tú con tu hijo y yo con mi madre.*

* * *

Polonia

Continúa lloviendo cuando la mujer llega hasta un hombre que lleva años esperándola, quizás no a ella, pero sí a alguien como ella.

Se sitúan frente a frente y, bajo los paraguas, se miran.

Ambos se apoyan en la barandilla, con los ojos perdidos en el océano. Uno al lado del otro pero sin tocarse.

La mujer tiembla de miedo al imaginar la profundidad que hay bajo sus pies, pero a la vez se siente orgullosa de haber llegado hasta ahí.

El hombre también tiembla, pero por otras razones.

Durante unos minutos el único sonido que se escucha es el de la lluvia en los paraguas y el de las olas golpeando la base del muelle.

—Este es un lugar muy especial para mí —dice el hombre sin atreverse a mirarla.

Silencio.

—Aquí pasé momentos muy felices. Y también hubo uno,

solo uno, que enterró toda esa felicidad. No somos conscientes de cómo en un segundo puede cambiar el mundo.

Silencio.

—Sabe... —continúa el hombre—, desde aquel día amo el mar al mismo tiempo que lo temo.

La mujer se sorprende al escuchar esas palabras.

—A mí me ocurre lo mismo —le dice sin atreverse a mirarlo.

Silencio.

—Lo sé —le contesta el hombre.

* * *

Día 8. Hospital

Al día siguiente llegué al hospital con dudas y, sobre todo, con miedo. Aquella niña no tenía ningún tipo de poder, simplemente se había metido en los documentos de mi ordenador y ahí lo había averiguado todo.

Caminé despacio por el pasillo y ya desde el mostrador vi a la mujer que siempre me preguntaba por la madre de Luna. Se quedó, como el primer día, frente a mí, observándome.

—¿Ha encontrado ya a su hijo? —me dijo.

Y aquella pregunta fue como lanzarme un dardo en pleno corazón.

No le contesté.

No insistió.

Simplemente se dio la vuelta y volvió a su habitación.

¿Cómo le había llegado aquella información? ¿Cómo se había acordado de hacerme la pregunta? ¿Cómo sabía que tenía que hacérmela a mí?

Me habían dicho que Luna hablaba por las noches con

muchos pacientes... quizás le había contado algo. ¿Pero cómo el Alzheimer le había permitido recordarlo?

Casi corrí por el pasillo.

La puerta estaba abierta y se escuchaban voces. Me quedé fuera, sin que pudiera verme.

—Entre, entre, ya he acabado —me gritó.

Pero, ¿cómo podía saberlo, cómo podía saber que estaba fuera?

—Mire, esta es otra de mis amigas del colegio —me dijo, presentándome a una niña rubia y con una sonrisa que se contagiaba.

—Encantada —me dijo.

—Igualmente. —Y dándole un beso a Luna se fue. Y entré yo.

*   *   *

Luna tenía los ojos rojos.

—¿Estás bien? —le pregunté preocupada.

—Sí, es que hace muchas horas que no duermo.

—Si quieres lo dejamos para mañana.

—No, en mi situación no puedo aplazar demasiadas cosas.

Dejé el bolso en la mesa y me senté en la esquina de la cama, con una pierna arriba y la otra colgando, casi tocando el suelo.

—¿Has encontrado a tu madre? —sin pensar le hice una pregunta que me sorprendió a mí misma.

Ahí me di cuenta de que cada día me estaba metiendo más en su mundo, como si ya me estuviese creyendo su versión de la vida.

—Estoy cerca, lo presiento, tengo tantas ganas de poner el símbolo del infinito. Hoy ha sido una noche muy larga —me dijo sonriendo—. ¿Y tú? ¿Estás lista?

—No lo sé, Luna... no sé qué truco vas a hacerme hoy.

No sé si va a dolerme...

—¿Truco? —me miró extrañada—. Ninguno. Yo no hago trucos. Tú me vas a presentar a tu hijo y yo a mi madre.

Se me heló la sangre porque aquella niña estaba hablando en serio.

Se movió lentamente sobre la cama, como un reptil. Y se quedó en la orilla, junto a mí, con las piernas colgando. Como si allí arriba aún pudiera flotar entre ese mar de muerte que la rodeaba.

—Una persona no es su pelo, no es su cu, cuerpo, no es su color de piel, eso solo es el envoltorio. Hoy vamos a conocerlos de otra forma.

»En esta presentación se puede llorar, se puede reír, se puede gritar... no pasa nada, al fin y al cabo eso es la vida.

Se colocó lentamente el sombrero sobre la cabeza.

—Si te parece empiezo yo.

—No sé si quiero hacerlo, Luna —le dije.

—Puedes acabar cuando quieras.

Me cogió la mano, casi sin fuerza, casi temblando.

—Vamos a empezar co, con algo sencillo: tacto, vista y olfato... —se rascó varias veces la nariz—. A mi madre le encantaba acariciar los gatos, era algo que no po, podía evitar; y cuando digo que no podía evitarlo es que era imposible. En cuanto veía un gato, daba igual lo que estuviera haciendo, tenía que acercarse y acariciarlo. Un día ardió la cocina porque estaba co, cocinando y al pasar un gato por la ventana se despistó y corrió a por él.

Comenzamos a reír.

—Por eso cuando la busco dentro del sombrero miro si alrededor hay algún gato, eso sería una buena pista.

Asentí.

—Con respecto al co, color, su preferido siempre ha sido el amarillo, le encanta. En ca, casa siempre había cosas amarillas decorando las paredes, los muebles. Sus flores favoritas eran los girasoles; su fruta, los limones... to, todo era amarillo. Incluso el co, coche que teníamos era amarillo. A veces cuando me despertaba e iba a la cocina parecía que el sol había entrado en casa.

Y con re, respecto al olor, le encantaba la vainilla, amarillo otra vez. Nuestra casa siempre olía a vainilla, ca, ca, cada rincón, incluso cada momento.

Por eso cuando alguien acaricia un gato, cu, cuando alguien viste de amarillo, cuando alguien huele a vainilla... sé que ella sigue estando ahí, no se ha ido. Son esas combinaciones las que busco dentro del sombrero.

Se quedó en silencio. Era mi turno.

—Venga, te ayudará —me susurró mientras me apretaba, sin fuerza, la mano.

Suspiré.

Estuve pensando durante unos segundos en las pequeñas manías de mi hijo, en sus gustos, en todo aquello que lo hacía diferente del resto. Diferente.

—A mi hijo le encantaban las cosas frías: los helados, los cubitos de hielo, la nieve, bañarse en el mar en octubre, tocar los bancos de hierro de los parques, las farolas en invierno...

—¿En serio? —rio Luna.

—Sí —sonreí yo también—, sé que es extraño porque a mí me gusta todo lo contrario, soy feliz con una taza ardiendo entre mis manos, acercándome a una chimenea o con el agua hirviendo en una bañera.

Luna me apretó de nuevo la mano, sin fuerza.

—El color, bueno, tenía varios, el azul, y también como tu madre, el amarillo. También le gustaba combinarlos. Y con respecto al olor... le encantaba el de la gasolina.

Ambas sonreímos.

—Vamos ahora a por las pequeñas cosas, a por esos detalles del día a día, esos que cu, cu, cuando los ves en alguien te recuerdan a la persona que buscas.

Empezó Luna.

—A mi madre le encantaba subirse a los sitios altos, cualquier mirador, cualquier árbol, allí estaba ella, siempre que podía, claro. Re, re, recuerdo también que siempre que se ponía nerviosa le temblaba la mandíbula, mucho, era casi cómico. —Y Luna comenzó a reír. Y yo con ella.

Me tocaba a mí.

—A mi hijo le encantaba estrenar el material escolar, recuerdo esa bonita ilusión cada vez que abríamos un estuche, ese olor de los libros nuevos... Le encantaba también abrir una bolsa de patatas fritas, o de lo que fuera, era más feliz abriendo paquetes que con el regalo de dentro. En ese momento me vinieron a la mente todos esos instantes en Navidad, cuando por la mañana él siempre venía a mi cama antes de ver si Papá Noel había traído regalos, siempre los abríamos juntos...

Tenía ya las lágrimas pidiendo salir cuando Luna me interrumpió.

—Vale, y ahora re, recuerda las co, cosas que no le gustaban, lo que detestaba, lo que le daba miedo, porque eso es algo que también nos define.

* * *

—Por ejemplo, a mi madre le molestaba muchísimo que se le mojara el pelo, pero cu, cu, cuando digo mucho es mucho. Comenzaba a rascarse la cabeza como si tuviera mil piojos, a dos manos, sin compasión —comenzó a reír—. Al final se lo despeinaba totalmente. Solo podía lavarse el pelo en casa o en la peluquería, ahí no había problema, pero si lo tenía seco y se le mojaba por alguna razón...

»Esa era su gran manía. Ah, bueno, y le tenía pánico a las arañas, aunque eso es más común, a mí tampoco me gustan mucho —sonrió—. Ahora tú, ¿qué le molestaba a tu hijo? ¿Qué le daba rabia o a qué le tenía miedo?

En cuanto me hizo la pregunta recordé uno de sus mayores miedos. Recordé también el día en el que ocurrió por primera vez y las veces que yo misma, como madre y también como psicóloga, había intentado solucionarlo. Nunca lo conseguí.

—Habíamos pasado toda la tarde en la feria, y cuando ya nos íbamos, casi en la salida, quiso participar en una de esas casetas en las que tiras de una cuerda y te llevas un regalo sorpresa. Nunca sabes lo que te va a tocar pero sabes que siempre será de menor valor que lo que has pagado.

Ambas sonreímos.

—Mi hijo, tras pensárselo mucho, muchísimo, eligió una cuerda, tiró de ella y salió un paquete. Nunca imaginarás lo que había allí dentro.

—¿Qué había? —me preguntó Luna expectante.

—Un mechero —le contesté riendo.

—¡¿Un mechero?!

—Sí, como lo oyes. Mi marido y yo pensamos que no era el regalo más idóneo para un niño. Pero aun así, decidimos dejárselo hasta que llegáramos a casa. Le explicamos para qué servía y cómo se utilizaba. El problema es que por la noche nos olvidamos totalmente del mechero y mi hijo se fue a la cama con él.

»Sobre la una de la madrugada escuchamos gritos en su habitación. Me desperté asustada porque la casa olía a quemado. Salimos corriendo.

»Las sábanas estaban ardiendo y mi hijo se había acurrucado en el suelo, en posición fetal. Gritaba y lloraba a la vez que se tapaba los ojos con las manos.

»Mientras mi marido intentaba apagar el fuego, me llevé a mi hijo a nuestra habitación, afortunadamente no tenía ninguna herida, al menos por fuera, pero por dentro se le quedó una para siempre.

»Ya en la cama comencé a acariciarle la cabeza, el pelo, a darle besos en la frente... Cuando por fin se calmó me explicó que se le había ocurrido utilizar el mechero como linterna y se puso a leer un libro debajo de las sábanas. Todo iba bien hasta que la llama tocó la tela. Ahí vino el desastre. A partir de aquel día les tuvo fobia a los mecheros.

—¿A los mecheros, o al fuego?

—No, al fuego no tanto, sobre todo a los mecheros. En cuanto veía uno lo primero que hacía era temblar y gritar, gritar como un loco. Inmediatamente después se tiraba al suelo, se acurrucaba en posición fetal, se tapaba los ojos y se ponía a llorar. Siempre igual, siempre los mismos pasos, la misma rutina de miedo.

»Nunca pude quitarle ese miedo a los mecheros, en lo que sí que avanzamos fue en su posterior reacción.

—¿Cómo? —me preguntó Luna, que escuchaba la historia con interés.

—Como psicóloga sé lo importante que es, ante un ataque de pánico o ansiedad, distraer la mente. Me inventé un juego para romper su reacción de pánico. Cuando estaba acurrucado en el suelo tapándose los ojos, yo comenzaba a aplaudir.

—¿A aplaudir?

—Sí, porque es totalmente contradictorio que alguien aplauda ante un ataque de pánico. Con eso conseguía que se destapara los ojos y me mirara.

»Una vez que ya tenía su atención me inventé un juego sencillo, solo dos palabras, yo decía una y él me contestaba con la otra. Siempre iban juntas pero yo decidía la velocidad. Si yo la decía muy rápido, él me contestaba muy rápido; si yo la decía lentamente, él tenía que hacer lo mismo, y con ese simple juego su mente se iba calmando.

—¿Cuáles eran las palabras?

—Þetta Reddast.

—¿Islandés?

—Sí, ¿cómo lo sabes?

—Bueno, sé hablar diez idiomas, entre ellos alguno nórdico, y conozco esa frase, significa: *Todo va a ir bien*.

—Sí, exacto, me encanta esa filosofía de vida islandesa. Mi hijo y yo estuvimos practicando muchas veces lo que te he comentado, y al final ya se le quedó grabado en el subconsciente. En cuanto le daba un ataque de pánico, yo le aplaudía, él me prestaba atención, yo le decía ¡Þetta! de forma rápida, y él me contestaba Reddast, de forma rápida. Si yo le decía Þ e t t a... de forma pausada, él me contestaba R e d d a s t... de una forma suave y así, poco a poco, iba olvidando el pánico y se centraba en esas palabras, siempre las mismas: Þetta Reddast.

—¡Þetta Reddast! —gritó Luna— ¡Me encanta!

*　*　*

Polonia

—También sé que te deberían gustar los muñecos de peluche, especialmente los que tienen forma de elefante, como el que hay en la caja roja que traes. Sé que te gusta mantener una taza caliente entre las manos, que tu color preferido es el azul cielo y que siempre que sales a la calle y llueve tienes que abrir y cerrar el paraguas varias veces. Y seguramente, tu sabor preferido de helado sea el chocolate, a veces con un poco de fresa...

El hombre suspira con tanta fuerza que aún no sabe cómo va a sacar el huracán que se le está formando dentro.

La mujer se queda en silencio, paralizada. Tampoco sabe qué decir, lo ha acertado todo. Aprieta con fuerza el paraguas hasta que le duele la mano, quizás para cerciorarse de que está en la parte real del mundo, que no está soñando.

—Hace exactamente treinta y cuatro años que perdí a mi hija. —Y mientras habla, la tormenta que le ha crecido dentro comienza a gotearle por el rostro—. Treinta y cuatro años... y el tiempo hay cosas que no cura. El tiempo no cura una habitación vacía de palabras, gritos y risas... donde al entrar ni siquiera hay ruido. Una habitación donde los peluches no se mueven de sitio, donde los juguetes siempre están nuevos, donde no hay nada que ordenar porque nunca se desordena nada... Una habitación en la que nadie se queda dormida por las mañanas.

»Han pasado treinta y cuatro años y sigo sin encontrarla en el parque pidiéndome que le empuje en cualquier columpio; en la mesa intentando utilizar bien el cuchillo y el tenedor; en la playa pidiéndome ayuda para construir un castillo; por las noches insistiendo en que aún es pronto para ir a dormir... sigo sin encontrarla en tantos sitios.

»Han pasado treinta y cuatro años, y ahora mismo me encantaría poder quedar con ella para tomarnos un café y preguntarle cómo le va la vida, si está con alguien, si tiene niños, en qué trabaja, si es feliz, si se acuerda de mí... y en cambio aquí estoy, paseando cada día por esta playa para ver si un día me encuentro con el pasado.

El hombre suspira de nuevo, mira hacia el mar y deja que la tormenta salga.

—Fue aquí, justo en este sitio donde estamos ahora usted y yo. Fue justo aquí donde ocurrió.

* * *

—Lo echas de menos... —me dijo.

—Mucho. Echo de menos su mano cogiendo la mía, sus noches, sus enfados por tonterías; echo de menos esa forma que tenía de decirme te quiero con mil besos...

—Me ocurre lo mismo con mi madre. Yo también echo de menos su voz, su ta, tacto, sus palabras po, por la noche cu, cuando el dolor era insoportable... quiero darle las gracias por todo, por eso tengo que encontrarla.

—Ojalá la encuentres, Luna, ojalá.

De alguna forma ya me había metido en su mundo, en ese donde uno no se cuestiona si algo es verdad o mentira por la realidad que ve, sino por las cosas que siente.

Aquella tarde estuvimos más de cuatro horas juntas, hablando de recuerdos, de anécdotas, de nuestras manías y gustos. Ella me contó los suyos y yo le conté algunos de los míos: que mi color preferido era el azul cielo, que mi sabor de helado favorito era el chocolate y que siempre que salía a la calle y llovía tenía que abrir y cerrar el paraguas varias veces. Le confesé también que de pequeña tenía una colección de elefantes de peluche.

Y al final Luna tuvo razón, aquella tarde conocí a su madre y ella conoció también a mi hijo.

—Luna, tengo que irme.

—Vale, pero necesito pedirte un favor —me susurró.

—Sí, claro.

—Me gustaría ir al colegio a despedirme de mis compañeros.

—¿Despedirte?

—Sí, a despedirme. Las dos sabemos adónde va este viaje, por eso quiero despedirme de las personas con las que compartí varios años, primero en el colegio y, después, uno más en el instituto. Yo siempre fui un curso por delante que el resto, una pequeña ventaja por el tema ese de poder resolver problemas complicados, de saber varios idiomas, de tocar el piano como un genio... pero siempre he dicho que todo eso no es mérito mío, esos conocimientos ya los traía de nacimiento, de antes, de alguien —me dijo con una sonrisa—. Además, algunos de mis compañeros vienen a visitarme aquí y me hacen la vida más bonita.

—Te lo prometo. ¿Cuándo quieres ir?

—Mañana.

—¿Mañana? ¿Tan pronto?

—Bueno, todo es relativo... Si solo me quedase un día de vida, mañana ya sería tarde.

* * *

Como cada noche Luna volverá a recorrer un hospital donde muchos de sus habitantes han pasado a formar parte de su familia.

Llevará, como siempre, varios objetos con los que, de alguna forma, repartirá felicidad. En este caso Ayla le ha conseguido dos nuevos: un tutú blanco y unas zapatillas con ruedas.

Hoy, tras regresar de la habitación 444, se tumbará sobre su cama y se automedicará para poder estar toda la noche despierta con el mínimo dolor posible. No puede perder el tiempo durmiendo. Debe seguir buscando.

Ha conseguido ver en su mente una calle con todas las casas iguales, un patio con una bicicleta, una ventana redonda con un unicornio dibujado en el cristal desde la que se veía una cafetería, y también un coche negro.

Afortunadamente ha podido distinguir el nombre de una cafetería y parte de la matrícula del coche. Con eso ha conseguido averiguar la ciudad.

Se le cierran los ojos pero debe continuar. Ahora ya puede seguir buscando fuera del sombrero, en el portátil.

Es al escribir cuando las letras le bailan, se mueven frente a ella. Luna cierra y abre los ojos varias veces, pero las letras continúan descolocándose, no se están quietas.

Finalmente, con esfuerzo, consigue pararlas. Localiza la cafetería en un mapa de internet. Frente a la misma hay varias casas iguales, *debe de ser una de esas*, deduce.

Entra en una aplicación para ver la calle en 3D, acerca el zoom a las ventanas de las casas y la encuentra: redonda y con un unicornio dibujado en el cristal.

Sale de la cama y cae al suelo. Y desde ahí, reptando, Luna llega hasta la pared que hay detrás de la puerta. Apoyándose en la misma consigue levantarse para dibujar una pequeña línea en la pizarra, junto a un número, quizás el inicio de un infinito.

Ya no regresará a la cama, se quedará ahí, en el suelo, derrotada.

* * *

Día 9. Visita al instituto

Aquella mañana, cuando llegué a la habitación, Luna ya me esperaba sentada en su silla de ruedas. Llevaba puesto un precioso vestido que dejaba ver sus brazos y parte de sus piernas.

Nada más verme me regaló una sonrisa, de esas que sirven para ocultar los nervios, y también las dudas.

—¿Estás segura, Luna? —le pregunté mientras me sentaba en la esquina de la cama, a su lado.

—Sí, claro, ¿por qué no voy a estarlo?

—Hay que ser muy valiente —le contesté mientras le apretaba la mano.

—No, en realidad solo hay que ser sincera, me muero y eso es algo complicado de esconder.

Empujé la silla y ambas salimos de la habitación.

A pesar de que era pronto, en el hospital ya hacía horas que había amanecido. Durante el recorrido hasta el ascensor nos encontramos a varios pacientes que se acercaron a saludarla. Allí, cualquier salida era algo extraordinario, pues la mayoría de los pacientes habían asumido que aquel sería el hotel en el que pasarían el resto de sus días.

—Esta noche ha vuelto a venir mi marido —le dijo la mujer que estaba en la habitación de al lado.

—¡Qué bien! —contestó una niña que nunca mentía.

—También vino el niño vampiro —volvió a decirle. Y Luna le sonrió.

Dos puertas más adelante apareció el hombre mayor que siempre olvidaba su medicación.

—¿Sabes qué me toca hoy? —le preguntó acercándose a ella, casi parando la silla.

—Sí, claro. —Y en ese momento Luna comenzó a decirle de memoria un listado de medicamentos—. Y tómatelas, por favor. No las escondas debajo de la almohada.

—¿Cómo lo sabes? —preguntó sorprendido.

—Me lo ha dicho un ratón que se las encontró. —Ambos sonrieron.

Continuamos pasillo adelante y a los pocos metros apareció el niño con el pelo rojo junto a su madre.

—¿*Puedes el sombrero?*

—Ahora no, lo siento —le contestó.

Y sin decir nada más, el niño se fue de allí.

Cuando nos acercamos a la habitación con el punto rojo en la puerta, la mujer parecía estar esperando a Luna en el pasillo. Fue la niña quien se acercó a ella.

—¿Has encontrado ya lo que buscabas? —le preguntó la mujer.

—Casi, casi, creo que está muy cerca.

—¿El símbolo? —le volvió a preguntar.

—Casi, casi.

La mujer se acercó a Luna y la abrazó. Y al instante siguiente se quedó mirando el techo, como si allí arriba aún quedaran restos de toda la memoria que fue perdiendo.

Entramos en el ascensor.

Al salir, en la planta baja, nos encontramos a Ayla.

—Ahí fuera te espera una sorpresa —le dijo.

* * *

Polonia. Molo

—Fue aquí, justo donde estamos ahora usted y yo. Era un día extraño, las nubes querían llover, pero no llovía. Quizás porque el viento era tan fuerte que las espantaba. Un viento que espoleaba el mar volviéndolo salvaje.

»Aquella tarde, como cada viernes después del colegio, nos vinimos aquí a disfrutar del océano. Era nuestro pequeño ritual: la recogía del cole, nos tomábamos un helado y después caminábamos por el Molo hasta el final, hasta aquí, para poder ver de cerca el mar.

»Ella siempre se traía su elefante de peluche escondido en la cartera y en cuanto salía del cole lo sacaba, nunca se separaba de él. Quizás si no lo hubiese cogido...

El hombre se queda en silencio unos instantes.

—La tenía aquí, como tantas veces, apoyada en la barandilla y atrapada en mis brazos, para que pudiera ver mejor el mar. Un mar que aquel día parecía luchar contra sí mismo.

»Fue una ráfaga violenta de viento la que le quitó el peluche de las manos y cayó al agua. Y ella, pequeña, de forma inconsciente, niña al fin y al cabo... tuvo ese primer impulso de lanzarse a cogerlo. Y lo hizo justo en el único segundo en el que yo no la estaba sujetando.

»Y mi niña, lo que más he querido en mi vida, cayó al mar. Fueron cinco segundos, quizás seis, quizás siete... en los que me quedé mirando cómo mi hija caía. Mi cerebro no fue capaz de interpretar una información tan dolorosa, me dio la impresión de estar en el interior de un sueño.

»Al caer una ola arrastró su pequeño cuerpo contra los mástiles y su cabeza golpeó la madera, justo aquí. —Y en ese momento en lugar de señalar su ceja derecha, señaló la de la mujer, en el lugar donde tenía la marca de nacimiento.

La mujer tiembla. Busca de nuevo el truco.

—Me tiré al mar sabiendo que ya llegaba tarde. Luché contra las olas, contra el viento... no era capaz de cogerla, el mar se la llevaba.

»No sé muy bien cómo, al final conseguí agarrar el cuerpo de mi pequeña y traerlo junto a uno de los mástiles. Fue al acercármela al pecho cuando me di cuenta de que mi niña ya no tenía vida.

»Y grité, grité porque aun estando muerta, el océano se la quería llevar. Yo miraba hacia arriba pidiendo ayuda, pero nadie saltaba. Todos observaban cómo un padre intentaba retener el cuerpo de su hija.

»Me mantuve ahí abajo, justamente en uno de estos mástiles, sin entender muy bien cómo un día normal, de esos de recoger a mi hija del cole, de esos de llevarla a tomar un helado... se había convertido en el último día.

»Fue casi a los diez minutos cuando llegó una lancha de salvamento. Mi hija ya estaba muerta, y yo lo sigo estando desde entonces.

*   *   *

Ayla nos acompañó hasta la salida del hospital. En la calle nos esperaba una ambulancia de la que salió un conductor vestido con traje negro, como un chófer. Abrió la puerta trasera y acompañó a Luna hasta el interior.

—Pasadlo bien —nos dijo Ayla mientras subíamos.

Luna apenas podía moverse, noté que estaba perdiendo facultades de una forma acelerada, pero no quise decir nada.

Tras veinte minutos llegamos a la puerta del instituto. Fue la directora del centro quien salió a recibirnos.

—Hola, Luna, ¡qué alegría verte de nuevo! ¿Cómo estás? —le preguntó mientras se agachaba para darle dos besos.

—Bien, gracias —mintió la niña.

—Están todos reunidos en el salón de actos, pero no saben que vienes, tal y como habíamos quedado.

Empujé a Luna por el largo pasillo del edificio. Conforme avanzábamos se iba escuchando un murmullo de vidas.

Entramos.

Y en ese momento comenzó el silencio.

Se abre la puerta de un gran salón de actos y en él aparece una niña en silla de ruedas con un sombrero más grande que su cabeza. Una niña que consigue dejar en silencio a los más de doscientos adolescentes que hay allí dentro.

Luna se dirige al escenario acompañada de quien durante los últimos días ha sido su psicóloga y, sobre todo, su amiga.

—¿Estás nerviosa? —le susurra la mujer a la niña mientas suben por la rampa hasta el escenario.

—No, no demasiado... Sé que en el pasado he actuado ante miles de personas, muchas veces, tocando el piano. Esto para mí no es nada —le guiña el ojo.

La mujer la deja allí, sola. Se aleja unos metros.

Luna se acerca al micrófono.

—Buenos días... —dice casi en susurro.

Silencio.

—... ha pa, pasado ya mucho mucho tiempo desde la última vez que vine a este centro. Ya veis, la mayoría de vosotros deseando no po, poder venir y yo sin po, poder hacerlo...

Silencio. Luna se rasca la nariz varias veces.

—Hoy he venido a despedirme de vosotros po, po, porque ya no me quedan más momentos. Seguramente esta será la última vez que nos veamos.

Al acabar esa frase una energía invisible recorre todas y cada una de las vidas que hay allí dentro.

—Gracias a los que habéis formado pa, parte de mi vida en este colegio. Fue bonito compartir con vosotros todos esos años, sobre todo los primeros, cuando aún podía valerme por mí misma. Gracias a to, todos los que durante los últimos momentos me ayudasteis a subir esos tres escalones de la entrada que pa, para mí eran todo un mundo. Comencé saltándolos durante los primeros años y acabe teniendo que pediros ayuda para hacerlo.

La niña sufre un tic en la cabeza, y otro, y otro, casi se le cae el sombrero. Pero nadie se ríe.

—Gracias también a los que al verme pasar nunca me señalasteis con la mirada, gracias a los que os sentasteis junto a mí en el co, co, comedor a pesar de que, de vez en cuando, se me caía la comida en el plato, en la mesa, en el suelo... ¡*ya!* Gracias a los que en esos días malos en los que no po, podía coger ni el tenedor, me ayudasteis a llevarme la comida a la boca. Gracias también a los que cu, cuando mi almuerzo me desaparecía, compartíais co, con, conmigo el vuestro...

Y mientras Luna habla, nacen las primeras lágrimas en los rostros de los allí presentes.

—Gracias a los que me ayudabais a hinchar las ruedas de mi silla cuando alguien me las deshinchaba; a los que no os dirigíais a mí co, co, como Franky, a los que no me llamasteis retrasada, monstruo... a to, todos los que tu, tuvisteis el valor de llamarme por mi nombre: Luna. Eso es algo que me llevo conmigo, que nunca olvidaré.

Silencio.

—En unos días ya no estaré, mi cuerpo habrá dejado de existir. Y de aquí unos años, pa, para muchos de vosotros no seré más que el recuerdo de una niña que te, tenía demasiadas enfermedades.

»Siempre he intentado disimular todo lo que me ocurría, escondiendo mis manos, escondiendo mi cabeza, escondiéndome yo... Pero hoy quiero despedirme mostrándome como soy.

Nadie se atrevía casi ni a respirar.

Y en el interior de ese silencio que casi dolía, la niña se quitó lentamente el sombrero y lo dejó en el suelo.

* * *

Polonia. Molo

—He revivido aquel momento cada día de mi vida. Porque la sigo viendo en cada pregunta. ¿Y si la hubiera cogido mejor? ¿Y si no hubiéramos venido? ¿Y si hubiéramos llegado más tarde, o antes? ¿Si no le hubiera dejado coger el peluche? La tuve aquí, en mis brazos —me dijo señalándose a sí mismo—, y al siguiente segundo ya no estaba.

La mujer no sabe qué decir, simplemente mira hacia el mar, recordando su propia pesadilla, esa que la acompaña muchas noches, esa en la que cae hacia ningún lugar...

—Hace unos días recibí una carta extraña —continuó el hombre—. Venía mi dirección correcta, pero no había remite, solo el símbolo del infinito. Dentro del sobre había una foto de usted y detrás de la misma varios datos.

Pelo: Castaño
Cicatriz: sobre la ceja derecha.
Juguete preferido: elefante de peluche.

Iris; marrón.

Miedos: el mar.

Fechas importantes: 23 de marzo de hace unos siete años, perdió a su hijo.

—Nada más leerlo —continuó el hombre— pensé en mi hija. No tenía sentido, claro, ninguno. Pero pensé en ella.

»Desde que se fue tengo unos sentimientos extraños, como si de alguna forma estuviera viva. De repente, sin aviso, sin sentido, me siento triste, o alegre... Muchas veces pienso en si no será ella, si no estaré sintiendo su felicidad y sus miedos.

»¿Sabe qué me hizo darle importancia a esta carta? Que hace unos siete años sufrí un infarto... Fue justamente un 23 de marzo. Aquel día, de pronto, me llegó un dolor terrible, como si me hubiese golpeado un tren, como si toda la tristeza del mundo estuviera cayéndome encima...

Y es entonces cuando la mujer tiembla, porque es una fecha que estará grabada en su mente toda la vida: porque tuvo un accidente, porque ese día perdió a su hijo.

—¿Cómo es posible —continuó el hombre— que después de todo lo que vivimos con alguien no quede nada después de la muerte? No puede ser, me niego a creer que solo seamos materia, me niego a creer que, de alguna forma, las personas no sigamos unidas de algún modo.

Silencio.

La mujer mira hacia el mar, sabe que todo lo que está ocurriendo es un truco, el truco de una niña demasiado lista que siempre quiso demostrarle que había conexiones especiales entre las personas, aunque para ello tuviera que forzar la realidad. Pero aun así no tiene ninguna respuesta para la pregunta que le acaba de hacer el hombre... ¿Después de la muerte seguimos unidos de algún modo?

—Sé que no eres ella —le dice finalmente el hombre—, pero tienes algo de ella, de eso estoy seguro. No sé por qué he recibido esta carta y no sé quién la envía... pero sí creo que las personas continúan estando en otras personas.

La mujer ya no escucha, sabe que Luna es inteligente, mucho, que con todos los datos que le dijo el día en que estuvieron hablando ha podido buscar el accidente de la niña por internet... y no sabe cómo, ha intentado unirla con ella, y con su pesadilla, y con ese hombre, y con su elefante de peluche, y con esas monedas amontonadas en la mesa, y con ese infarto justo ese día y...

—Fue aquí mismo... —llora un hombre que se derrumba y deja que su paraguas caiga al mar—. Lo siento, ya no la molestaré más, pero tenía que verla.

La mujer se acerca y lo abraza. Y algo ocurre entre ellos.

* * *

Y tranquilamente, como quien no tiene miedo a nada porque sabe que es su última actuación, Luna se quitó la peluca dejando al descubierto una cabeza salpicada de cicatrices.

Poco a poco, se levantó de la silla apoyando sus brazos en la misma. Ahí pude ver la fragilidad de su cuerpo. Temblaban sus piernas, temblaban sus brazos, temblaba su cuello, su cabeza... y de pronto se soltó.

Durante el único segundo en que aquel cuerpo permaneció de pie, sin apoyo, sin ayuda, le dio tiempo a decir una sola frase.

—Así soy yo, diferente, nada más.

Y el salón se quedó en silencio.

Un silencio que llegó de formas distintas a distintas personas.

Un silencio en forma de cariño que llegó al corazón de todos los que habían formado parte de su vida, a todos los que habían querido a esa niña como a una hermana. A esas personas que siempre estaban a su lado, los que entendían que ella no había elegido tener esa vida, por eso intentaban hacérsela un poco más fácil. A esos compañeros que cuando la veían sufrir por algo sufrían ellos también.

Un silencio en forma de cuchillo que atravesó la mente de la primera chica que pensó que sería gracioso deshincharle las ruedas de la silla, por si el día a día de Luna no fuera ya lo suficientemente complicado.

Llegó también ese silencio a todos aquellos que, de vez en cuando, colgaban dibujos en las paredes del colegio: montajes con la cara de Luna: un zombie, un monstruo, Frankestein con peluca...

Llegó a todos los que miraron a otro lado, a los que se apartaron de ella cuando se sentaba a comer, a los que colgaban vídeos en las redes cuando le daba algún ataque, a los que la ponían nerviosa a propósito para que tartamudeara más de lo normal...

Y tras decir esa frase, Luna se dejó caer, con tan mala suerte que su cuerpo rozó con uno de los apoyabrazos de la silla y esta se desplazó hacia un lado. Y la niña cayó al suelo.

* * *

Corrí hacia el escenario.

La levanté, y la puse sobre la silla.

Y a pesar de que estaba consciente, apenas podía abrir los ojos, las enfermedades ya estaban ganando.

No hubo final de discurso. No hubo aplausos.

Nos bajamos del escenario y corrí hacia la puerta de salida. La ambulancia estaba allí.

La ayudaron a subir, la tumbaron sobre la camilla y a los pocos minutos abrió los ojos. Y sonrió. Y me dio la mano.

—Ponme el sombrero... —me dijo.

—¿Qué?

—Por favor... ahí dentro aún me queda un poco de energía.

Y, lentamente, con dificultad porque estaba tumbada, le puse como pude el sombrero.

—Hasta dentro —me dijo.

—No, no podrás respirar.

—Tápame los ojos al menos... —susurró sin voz. Y lo hice.

Y poco a poco, noté que se iba recuperando.

—Algún día... todo esto... ya no ocurrirá —me dijo.

—¿Todo esto?

—Mi teoría del dolor común. A pesar de que eran los menos, siempre había alguien que me hacía daño. Pero sé que llegará un día en que nadie pueda hacer daño a otra persona porque será como hacerse daño a sí mismo.

Tosió. Me apretó la mano.

—Siempre habrá personas diferentes que necesitarán ayuda... Siempre habrá dianas fáciles a las que atacar. Pero de aquí a unos años, quizás siglos, todo esto ya no ocurrirá, porque al atacar a otro nos estaremos atacando a nosotros mismos, todos estaremos conectados.

—Sí, Luna, así es —le dije.

Se quedó en silencio. Respirando y espirando lentamente, quizás cogiendo energía de ese sombrero.

—Tengo... que pedirte un favor —me dijo.

* * *

Polonia

Ambos sienten un algo que los une, sienten un bienestar sin sentido, pero agradable, de paz. Como cuando uno ha llegado al sitio, como cuando uno ha encontrado lo que no sabía que estaba buscando, ese momento sin nombre...

Poco a poco se separan, y el hombre se aleja, lo hace sin despedirse, sin decir una sola palabra. Quizás avergonzado por lo que acaba de hacer, quizás con tanto dolor en sus recuerdos que prefiere no seguir allí.

La mujer piensa en Luna, en todo lo que se ha esforzado por conseguir aquello. Piensa en una niña que quiso demostrar hasta el final que su teoría era cierta. Una niña que hizo todo lo posible para que ella continuara buscando a su madre.

La mujer camina de vuelta al aparcamiento.

Una vez allí, en el coche, hace una búsqueda en el móvil: accidente niña Molo Sopot.

* * *

—¿Somos amigas? —me preguntó tumbada en la camilla de la ambulancia.

—Sí, claro —le dije.

—Necesito que confíes en mí..., tanto como para firmar algo sin saber lo que estás firmando —tosió.

No tenía ni idea de lo que podía ser. Lo primero que se me pasó por la cabeza fue algún tipo de adopción o tutela...

—Luna, quizás sí que debería saberlo, ¿no crees?

—Bueno, me queda poco tiempo de vida y supongo que si se lo pido a cualquier otra persona no habrá problema, pero me gustaría que fueras tú.

—No te vas a morir, Luna —le mentí.

—Ya me estoy muriendo, desde hace mucho tiempo —tosió—. Todos comenzamos a morir desde que nacemos. La diferencia es que yo lo hago más rápido que el resto.

Luna me señaló una carpeta que había en el respaldo de la silla y se la di. Sacó una hoja, le temblaba el pulso. Me la acercó pero dejando ver solo la parte inferior de la misma, donde indicaba: firma del representante legal o tutor.

—Aquí —me dijo.

—Pero... —Y aun así le cogí el boli.

—No es nada, pero quiero que seas tú.

—Está bien... —Y sin mirarlo lo firmé.

Era la primera vez que hacía algo así en mi vida.

—Con este papel..., aunque me muera volveré a verte, y tú a mí, te lo prometo —me dijo con una sonrisa que se parecía demasiado a la tristeza.

Aquella frase imposible se me quedó grabada en la mente: *Aunque me muera volveré a verte, y tú a mí, te lo prometo*, y aquella niña nunca mentía.

*　*　*

Polonia

Efectivamente, había varias noticias sobre lo ocurrido. Eran de periódicos locales pero, más o menos, con el traductor se podían entender.

S.H.V. de ocho años de edad murió al caer desde el Molo. A pesar de que no están todavía claras las causas del suceso, la niña se tiró a coger un pequeño peluche que se le había caído al agua.

Según testigos, nada más caer la niña se golpeó en la cabeza contra los mástiles que sujetan el muelle. Un golpe que resultó mortal.

A pesar de que el propio padre se lanzó al agua ya no pudo hacer nada por salvar la vida de la pequeña.

Aún falta por esclarecer...

La mujer piensa ahora en las preguntas que se hace ese hombre cada día, porque al fin y al cabo son las mismas que las suyas.

¿Y si hubiera salido un poco más tarde de casa? ¿Y si hubiera acelerado menos? ¿Y si hubiera ido por otra carretera? ¿Y si aquel día en lugar de ir primero al supermercado lo hubiera dejado a él?

Recuerda además, porque eso no se le va a olvidar en la vida, sus últimas palabras. Le gritó a quien más quería. A partir de entonces mide cada conversación con las personas, imaginando que pueden ser las últimas palabras, eso le ayuda a ser siempre amable, a irse a la cama con la conciencia tranquila...

* * *

Llegamos al hospital y Luna se había dormido por el camino. El conductor de la ambulancia me ayudó a sacarla. Entre los dos la sentamos en la silla.

La subí y, aunque todos nos observaban por el pasillo, al verla con los ojos cerrados nadie dijo nada.

Ayla me esperaba en la puerta de su habitación, entre las dos la levantamos y la colocamos en la cama. No se despertaba.

Y allí, observamos a una niña que seguramente dormía en el interior de su mundo, ese que era mucho mejor que el nuestro. Un mundo donde no existe el dolor porque quien lo genera es el mismo que lo puede sentir.

Sonó un timbre.

—Tengo que irme —me dijo Ayla—. Seguramente ya no despertará hasta mañana.

—No te preocupes, le doy un beso y cierro la puerta.

Me acerqué a ella y le besé la frente.

Al apartar su silla me di cuenta de que en el respaldo de la misma estaba el documento que acababa de firmar. Estuve a punto de cogerlo, pero decidí no hacerlo.

Recogí mis cosas, le di otro beso y le susurré un buenas noches sin saber que nos estábamos despidiendo.

Cerré la puerta.

* * *

Polonia

Una mujer que lleva varios días en una ciudad que no es la suya vuelve a despertar en la madrugada. Y ahí, en la oscuridad, descubre la silueta de un sombrero.

Cada vez que lo mira, cada vez que lo toca, incluso cada vez que piensa en él, hay un algo que le estremece el cuerpo. *Quizás esa es la energía a la que se refería Luna*, piensa.

Hoy no irá al Molo, en realidad hoy no irá a ningún sitio porque aún no ha asimilado lo ocurrido ayer. Su mente lleva toda la noche buscando una explicación que haga encajar coincidencia y realidad.

Piensa en ese hombre, en lo que sintió al abrazarlo... y lo echa de menos, echa de menos estar a su lado y no lo entiende; echa de menos hablar con él y no lo entiende.

Quiere creer que Luna pudo prepararlo todo. Pero eso le lleva a otra pregunta, ¿para qué? Quizás para demostrarle su teoría, esa que dice que al final todas las personas están o estarán unidas. Sería bonito...

Vuelve a pensar en esa niña que está espiando a la salida del colegio. Ahora ya sabe que no es la madre de Luna, por supuesto que no. Ahora ya sospecha que simplemente buscó en internet una niña con las mismas manías que su madre: que le gustase el color amarillo y las alturas; que amase los gatos y odiase las arañas; que al ponerse nerviosa le temblase la mandíbula o que al mojarse el pelo tuviera un comportamiento extraño.

El problema es que quizás no le dio tiempo a hacerlo del todo bien, quizás se murió antes de encontrar a alguien que tuviera todas esas coincidencias y simplemente encontró, a última hora, una niña rubia, con los ojos negros y a la que le gustase el color amarillo y el columpio más alto, el rojo.

Y de pronto, como el espectador que acaba de descubrir el gran truco del mago... se sienta en la cama y se queda con la boca abierta.

¡¿Y si lo estoy mirando al revés?!, se sorprende ella misma. Lo acaba de descubrir... todo.

*   *   *

Después de muchas horas durmiendo, Luna por fin se despierta. Lo hace cansada, más de lo que lo ha estado nunca en su vida. Al intentar moverse se asusta: le da la impresión de tener los huesos de plomo. Mira el reloj que hay en la mesita: las 0.45 de la madrugada. *A estas horas solo estará despierto el niño vampiro*, piensa.

Tiene que darse prisa. Son muchas las cosas que debe hacer, se pone nerviosa. Le gustaría, por última vez, realizar sus visitas nocturnas pero sabe que hoy va a ser imposible, apenas puede moverse.

Intenta sentarse en la cama, pero su columna no le responde. Decide arrastrarse sobre las sábanas, como una serpiente. Y así, reptando, llega hasta la orilla. Desde ahí alarga los brazos y consigue abrir la puerta del armario. Los estira un poco más para coger la mochila, pero se le cae al suelo.

Llora de rabia.

Respira lentamente y, tras unos minutos, lo vuelve a intentar. Se asoma aún más al precipicio de la cama y con ambas manos y mucho esfuerzo, consigue subir la mochila. Poco a poco saca todos los objetos y los deja a su alrededor. Arranca hojas de una libreta que tiene en la mesita y comienza a escribir instrucciones en ellas. Le cuesta coger el boli, se le cae de las manos. Tras más de una hora consigue escribirlas todas.

Las va uniendo a cada uno de los objetos: mete un papel dentro de la caracola, otro en el interior de la caja de cerillas, pega con celo otro a los auriculares...

Cuando, por fin, ya lo ha dejado todo preparado mira el reloj: las 2.36. Tiene unas tres horas para acabar su búsqueda, antes de que se despierte el hospital.

Consigue sentarse en la cama en posición de loto, se pone el sombrero.

Comienza la búsqueda.

Al menos ya ha localizado la ciudad: Gdansk, Polonia; la calle y la casa.

Se conecta a un dispositivo en el interior de ese hogar, es un móvil. Va abriendo diversas carpetas y se pasa más de una hora mirando fotos y vídeos.

Encuentra muchas imágenes de la niña, pero busca más cosas, como por ejemplo una en la que aparece la pequeña junto a varios compañeros de clase en la puerta del colegio. Amplía la imagen y al fondo puede ver el nombre del mismo. Lo tiene. Encuentra varias fotos más de ella en un parque, casi siempre subida a un columpio: un tobogán rojo.

No está segura del todo, para eso necesitaría más días, pero aun así piensa que lo ha conseguido.

Será justo a las 5.34 de la madrugada cuando Luna utilizará las últimas fuerzas que le quedan para levantarse de la cama, sentarse en la silla de ruedas e ir hasta la pizarra que tiene detrás de la puerta para dibujar el infinito junto a las coordenadas exactas de una casa.

Se quedará durante unos instantes mirando esa pizarra, imaginando todo lo que vendría después, todo lo que podría ver si tuviera más tiempo...

Regresa a la cama y coge una de las fotos de la niña y la imprime en la pequeña impresora que tiene en la habitación, uno de los pequeños privilegios de una niña superdotada.

Coge la foto y la mete en un sobre, uno de esos que tienen un símbolo de infinito en el remite. Y junto a la foto introduce también una carta.

Ya está, se dice a sí misma. Y cierra los ojos.

Y ahí se queda una niña que no tiene suficientes acuarelas para pintar una vida entera.

* * *

Último día

Último día

Cuando al día siguiente llegué al hospital
solo encontré silencio.

Silencio en el aire,
en cada una de las paredes,
en el abrir y cerrar mudo de las puertas,
en las palabras que nadie decía,
en el caminar sin apenas tocar suelo de los médicos,
en cada gesto,
en cada mirada que se apartaba...

Pulsé el botón del ascensor
y este también abrió sus puertas en silencio.
Y en silencio entré.

Y fue el ascensor quien,
en silencio,

me dejó en el segundo piso,
frente a un mostrador adornado
con un enorme lazo negro.

* * *

Lo supe sin preguntarlo.
Lo supe porque al verme llorar,
nadie se preocupó,
nadie me preguntó qué me pasaba.
Fue así como lo supe.

Caminé lentamente por el pasillo, arrastrando los pies
para intentar romper un silencio que me dolía, deseando no
llegar nunca a una habitación que iba a estar vacía.

Ahora sé que aquel día recorrí una de las distancias más
largas de mi vida.

Continué caminando.
Y aun no queriendo llegar, llegué.
Me encontré la puerta abierta,
pero la habitación no estaba vacía.

* * *

Polonia

Una mujer permanece en la habitación de un hotel en Gdansk, Polonia, con la boca abierta. Acaba de sentir la satisfacción de quien descubre la parte trasera de la magia, ese lugar hacia donde el ojo nunca mira.

¿Y si lo hizo al revés?

Esa ha sido la pregunta que le ha hecho replanteárselo todo.

¿Y si no estuvo buscando una niña que tuviera las mismas características que su madre? ¿Y si fue al contrario? ¿Y si en algún vídeo de internet, encontró a una niña a la que le temblaba la mandíbula al ponerse nerviosa, que se volvía loca cuando se le mojaba el pelo... una niña a la que le encantaban los gatos, la altura y el color amarillo? Es posible que Luna se inventara los recuerdos de su madre para hacerlos coincidir con la realidad de esa niña, sería un truco increíble.

La mujer, nerviosa por el descubrimiento, ya no aguanta

más en la cama. La brisa de la sospecha se ha convertido en huracán.

Se levanta y se va al lavabo.

Se moja la cara con agua fría, como si así pudiera quitarse todas las telarañas que le han ido dejando las dudas. Se mira al espejo y se ríe de ella misma.

Piensa en Luna, y no, no está enfadada con ella, jamás podría hacerlo. ¿Cómo puede culpar al mago por hacer magia? ¿Cómo enfadarse con quien lo ha dado todo en el escenario?

* * *

—Se ha ido... —me dijo Ayla.

Y al verla allí, sentada en el sillón, me acordé del primer día que entré en aquella habitación. Aunque esta vez debajo del sombrero no había nadie.

Ayla se levantó, se acercó a mí y, lentamente, casi pidiéndome permiso con la mirada, me abrazó. Durante los primeros minutos no hablamos, quizás porque sabíamos que cualquier palabra podía herir el silencio.

Nos abrazamos con fuerza, como si así, apretando nuestros cuerpos, pudiéramos sujetar todos los recuerdos de una niña que siempre fue diferente. Como si así, el dolor no pudiera bucearnos dentro.

Tardamos en separarnos. Sabíamos que al hacerlo llegarían las fronteras: esas que se crean entre el pasado y el futuro; las que surgen entre las risas y el olvido; las que se iban a formar entre el vernos todos los días y desaparecernos.

Nos mantuvimos sentadas sobre la cama, observando el sombrero.

—Es para ti —me dijo.

—¿Qué?

—Hace unos días me comentó que si finalmente se iba sin poder despedirse, te dejase el sombrero. Pero eso sí, insistió en que no era un regalo, solo un préstamo, que se lo tenías que devolver algún día.

Sonreí.

Nos cogimos las manos. Silencio.

—¿Dónde está? ¿Dónde se la han llevado? —le pregunté.

—En el quirófano, ahora mismo la están interviniendo —me contestó.

—¡¿Qué?! —exclamé sorprendida, separando de forma inconsciente mis manos de las suyas.

* * *

Polonia

Una mujer ha llegado hasta la puerta de un colegio.

Hoy se ha quedado un poco más lejos, observando a una niña que de nuevo está asomada entre los barrotes de la valla.

A los pocos minutos su madre la recoge, pero esta vez, en lugar de llevársela hacia el coche que la espera en la esquina, se queda varios minutos hablando con otros padres.

La mujer, al ver que algo diferente ocurre, se acerca disimuladamente. Y escucha. Y sin saber el idioma, más o menos entiende lo que dicen. Intuye el significado de algunas palabras, intuye la estructura de las frases... y eso la asusta aún más.

Según lo que ha podido entender, mañana será el cumpleaños de una niña de clase y quizás, suponiendo que haga buen tiempo, vayan a celebrarlo al parque.

Mira el móvil y sí, mañana hará sol.

Madre y niña van hacia un coche que las espera en la esquina. Un hombre, quizás su padre, quizás no, cogerá a la pequeña y, a los pocos segundos esta se pondrá a llorar, a patalear, a gritar... Será la madre quien, de nuevo, intente calmarla.

Finalmente todos entrarán a un coche que arrancará y desaparecerá calle abajo.

La mujer hoy no tiene ganas de ir a la cafetería, en realidad ya no tiene ganas de nada. Decide volver al hotel y pasar el resto de la tarde allí, quizás recordando todos los bonitos momentos que le regaló Luna.

Mañana volverá al colegio, aunque sea ya por última vez.

* * *

En el hospital

Y llegó ese momento donde de lo imposible nace una esperanza. Ese instante en el que, aun sabiendo que has perdido el avión, piensas en la posibilidad de que se haya quedado en tierra por cualquier razón. Ese momento en el que, después de una ruptura, ves un mensaje de tu pareja y te ilusionas pensando que todo ha sido un malentendido; el instante en el que vuelves a mirar el listado de notas de un examen suspendido por si te has equivocado de línea... Todos hemos soñado con esas pequeñas grietas de esperanza que a veces se forman entre los muros de la realidad. Y fue ahí cuando yo encontré esa grieta.

—¿En el quirófano? ¿Por qué? No entiendo —pregunté sorprendida.

—Pero... si fuiste tú quien lo firmaste —me contestó.

—¿Firmé? ¿Qué firmé?

Había olvidado aquella conversación con Luna en la ambulancia, a la salida del instituto, cuando me sacó un papel que firmé a ciegas.

Con este papel, aunque me muera volveré a verte, y tú a mí, te lo prometo, me dijo.

Pero, ¿qué firmé?

*　*　*

Polonia

Amanece sobre una mujer que hoy ha tenido un despertar distinto: por primera vez en su vida el sueño de siempre ha cambiado.

Todo ha comenzado igual, con una caída eterna hacia la nada, pero justo cuando iba a tocar el suelo la pesadilla ha continuado: la mujer ha caído al mar.

Desde ahí ha visto cómo una ola gigante se la llevaba en brazos, como a un bebé, directa hacia uno de los mástiles que parecían sujetar un muelle enorme. Un mástil que se acercaba a su cabeza, a su frente, a su ceja derecha... Es justo antes del impacto cuando ha despertado.

Se mantiene sobre la cama, temblando, mirando al techo, intentando encontrar la realidad.

Vuelve a pensar en el hombre de la gabardina negra: *no, no fue mi padre, no fui su hija, nada de eso es real*, se dice a sí misma.

Cierra los ojos y se imagina a Luna por las noches, en el

interior de su sombrero, intentando buscar una realidad que le sirviera para fabricar otra distinta. Y le reconoce el mérito, no es fácil.

Piensa en los grandes magos y recuerda aquel momento en el que Copperfield consiguió hacer desaparecer la Estatua de la Libertad... Salió en todos los medios de comunicación. Y lo compara con Luna. Ella, sin duda, habría sido capaz de hacer cosas mucho más increíbles. El problema es que sus trucos no le sirvieron para hacer desaparecer sus propias enfermedades.

Y aun así... aun sabiendo que Luna se dedicaba a hacer trampas con la realidad, la mujer continúa teniendo dudas:

¿Por qué Polonia? ¿Por qué no buscar otra ciudad más cercana? ¿Por qué hay lugares que le suenan tanto? ¿Por qué pudo adivinar lo que iba a hacer aquel hombre con las monedas? ¿Y lo del paraguas? ¿Y por qué pudo entender la conversación de los padres ayer en la salida del colegio?

Intenta borrar todas esas preguntas de su mente y vuelve a pensar en que ha invertido dos semanas en descubrir que no había nada que descubrir. Y eso es algo que le genera sentimientos opuestos: por una parte se siente satisfecha al tener razón. Pero por otra, siente pena por una niña que para cambiar su mundo tuvo que inventarse otro en el interior de un sombrero. Una niña que no quiso limitarse a recordar a su madre, por eso decidió invertir el poco tiempo que le quedaba en buscarla, aunque no fuera ella.

* * *

Hospital

—Por los ojos... pero... pero deberías saberlo, fuiste tú la que le firmó el permiso.

—No entiendo... —no quise confesar que firmé aquel papel sin verlo, sin saber qué era.

—Los permisos para el trasplante... —me dijo—. Al tener cáncer, por tema de protocolo no podemos trasplantar la mayoría de sus órganos, pero sí los ojos. Los ojos casi siempre se pueden trasplantar, principalmente las córneas. Así que sus ojos servirán para que otra persona vea.

Normalmente se excluyen los pacientes con ELA de origen genético pero este no era el caso de Luna. Los demás requisitos los cumplía todos: el fallecimiento se tiene que producir en el hospital en condiciones controladas para poder proceder a la extracción y correcta conservación de los órganos.

Ayla continuaba hablando, pero yo ya había viajado al mundo de Luna... Recordé la frase que me dijo mientras firmaba aquel papel: *Aunque me muera volveré a verte, y tú a mí, te lo prometo*, y aquella niña nunca mentía.

Sonreí porque me di cuenta de que Luna había llevado hasta el final sus trucos. Como tantas veces me había dicho, ella no iba a morir del todo.

Luna... sus preguntas siempre tan complicadas, sus risas; su forma sutil de engañarme; sus ganas de vivir justamente cuando más cerca tenía la muerte; un ejemplo para todos los que se les hunde el mundo en un pequeño problema.

Una niña con un cerebro privilegiado; una niña que podría haber sido mucho más, quizás una de los grandes genios de este siglo. En cambio la salud no le dio la oportunidad.

Sonó el timbre en alguna habitación.

—Tengo que dejarte, me llaman... —se disculpó Ayla.

—Sí, claro, claro... —contesté.

—Nos vemos.

—Seguro, nos vemos.

Nos abrazamos de nuevo sabiendo que aquello era el inicio de una despedida, porque con el tiempo nos iríamos alejando. Yo ya no iría a hablar con Luna, y ella ya no tendría con quién hablar de Luna.

* * *

Polonia

Luce el sol sobre una mujer que desea pasar desapercibida entre todas las vidas que se amontonan a la puerta de un colegio.

Mira la hora, apenas quedan dos minutos. Esta vez no tiene un paraguas donde esconderse, por eso ha decidido alejarse un poco y observarlo todo desde una esquina.

Una mujer que no se educó creyendo en las conexiones entre las personas, en energías que no se pueden medir... que nunca imaginó un mundo donde nadie pudiera generar dolor.

Muy al contrario, toda su vida, toda su carrera, todos sus conocimientos... los ha basado estudiando la realidad de las personas, esa que se ve y se puede tocar.

Por eso le es tan complicado asumir todo lo que le ha ocurrido durante los últimos días, porque no tiene una fórmula para explicarlo.

* * *

Hospital

Levanté el sombrero y debajo había una carta. En la parte delantera del sobre ponía mi nombre, en el remite solo había un símbolo: el símbolo del infinito.

Acaricié durante varios minutos el papel hasta que, finalmente, me senté en la esquina de la cama, con una pierna arriba y la otra colgando, casi tocando el suelo, como a veces hacía cuando hablaba con ella.

Abrí el sobre y dentro me encontré una carta y la foto de una niña. Comencé a leer.

Hola,

Lo primero de todo quiero pedirte perdón por haberme ido sin despedirme, a veces no todo sale como uno quiere. Pero no te preocupes, más adelante ya lo haremos.

Recuerda que solo se ha ido mi cuerpo, pero yo sigo aquí. De hecho, seguramente ahora mismo te esté mirando, observando cómo te has sentado en la esquina de la cama, de lado, con una pierna arriba y la otra colgando, casi tocando el suelo.

Sonreí.

Solo hay que ser observadora, nada más. Solo hay que fijarse en las peculiaridades de las personas, en sus gestos, en las cosas que les gustan, en las que no... Serán esos pequeños detalles los que algún día volverás a encontrar en la gente que se ha ido, en mí misma.

Pero mientras llega ese momento no estés triste. ¿A cuánta gente viva ves solo de año en año? Seguro que hay amigos que, si viven lejos, incluso tardas aún más en verlos. Y en cambio sigues siendo feliz aunque no estés a su lado, ¿verdad? Porque las sigues teniendo en tu mente, porque siguen viviendo en tus recuerdos. Haz lo mismo conmigo, imagina que me he ido de viaje, un viaje largo, de muchos años y que un día, de aquí a un tiempo, volveremos a encontrarnos. Habremos cambiado, claro, quizás tú seas más rubia, más alta o más baja; quizás yo sea más delgada, menos torpe y tenga más esperanza de vida. Quizás tú sigas siendo mayor que yo, o quizás no, quizás sea al revés y sea yo la que tenga que cuidarte... todo depende del momento del futuro en que nos encontremos.

Tuve que tomar aire porque me estaba mordiendo demasiado fuerte los labios. Eso no evitó que comenzaran a nacer lágrimas.

Me gustaría pedirte un pequeño favor. Durante los últimos meses, las noches que me he sentido con fuerzas, he estado realizando visitas a los pacientes. Ayla me suele ayudar cuando puede y supongo que a partir de ahora será ella quien se encargue, pero me gustaría que esta noche lo hicieras tú. Ese es mi regalo de despedida para ti.

En el armario hay una mochila con varios objetos. Te he puesto una tarjeta en cada uno de ellos con unas instrucciones, solo tienes que seguirlas, poco más. Eso sí, hay que esperar a la noche para hacerlo, ya sabes, es mejor que la magia ocurra cuando la gente no mira ;)

Ah, una última cosa, el sombrero te lo dejo de momento a ti, pues donde yo estoy no me hace falta. Eso sí, solo es un préstamo, ¿eh?

Si algún día ves a una niña —o quizás a un niño— a la que le cueste andar, que sepa tocar el piano de maravilla, que hable varios idiomas aunque tartamudee al decir las palabras y que se rasque la nariz demasiadas veces... dáselo, porque seguramente me lo estarás dando a mí.

Te quiero. Hasta pronto.

P.D.: Al final lo conseguí.

* * *

Dejé la carta en la cama e hice lo que ella me había dicho que no hiciera: lloré. Observé de forma borrosa unas líneas que se me deshacían en la mirada. Me fijé en la última frase: *Al final lo conseguí.*

Y sonreí.

Cogí la foto. Era una niña de unos seis años, rubia, muy rubia, con los ojos negros. Le di la vuelta y descubrí unas anotaciones: ponía un nombre, supuse que el de la niña y los datos de un colegio.

Dejé la foto sobre la cama y me levanté en dirección a la puerta, la cerré y descubrí que Luna, por fin, había dibujado el símbolo del infinito en la pizarra. Eso significaba que, al menos en su mundo, había encontrado a su madre.

Me quedé allí, de pie, mirando aquellas coordenadas: Luna se había ido feliz creyendo su propia realidad.

Regresé a la cama, cogí de nuevo el sombrero y lo apreté entre mis brazos. E hice lo mismo que tantas veces había aconsejado no hacer a mis pacientes: lo negué.

Imaginé que Luna se había ido a visitar a alguien y que, de

pronto, aparecería por la puerta, o debajo de la cama o quizás, porque ella era capaz de todo, saldría del sombrero.

Fue ahí, mientras las lágrimas recorrían mis mejillas, cuando me acordé de las palabras que Luna me dijo en una de nuestras conversaciones: *Cuando estoy triste, cojo el sombrero y me meto dentro, así el exterior desaparece.*

Lo cogí y, a pesar de que me venía un poco justo, lo forcé hasta que conseguí meter totalmente la cabeza en su interior. Y allí dentro, al abrir los ojos, comencé a reír.

Inocente, me dije a mí misma.

Inocente, Inocente, Inocente...

Al ponérmelo a la fuerza había movido la banda gris que rodeaba el sombrero, o quizás Luna ya la había dejado así a propósito para que lo descubriera. Para que descubriera que era una parte móvil y podía desplazarla... Aquel sombrero tenía trampa: desde el interior se podía ver perfectamente todo el exterior, pero no al contrario.

Pensé en todas las ocasiones que Luna había hecho el truco de adivinar lo que la gente llevaba encima... *Memoria fotográfica*, decía ella.

Y en ese momento se me ocurrió algo... si había truco allí también podría ser que...

Dejé el sombrero y me senté en la cama, en la misma postura que estaba siempre Luna, en posición de loto.

Desde allí miré la puerta y busqué algún detalle... Finalmente lo vi: justo sobre la bisagra superior, disimulado, había un pequeño espejo. No te permitía ver con claridad los detalles pero podías adivinar quién venía por el pasillo.

Aquel espejo solo dejaba ver los que venían desde un lado,

pero Luna también adivinaba cuando venían desde el otro, ¿cómo lo había hecho?

Me levanté de la cama y fui hacia el pasillo, buscando algún otro espejo, pero no había ninguno.

Estuve revisando toda la zona de alrededor hasta que encontré algo que podía explicar muchas cosas, muchísimas.

La directora del hospital tenía razón, no había magia.

* * *

Polonia

Apenas queda un minuto para que suene el timbre y la mujer busca con la mirada el coche que siempre viene a recoger a la niña. Hoy no está. Eso puede significar dos cosas: que madre e hija hayan decidido ir andando a casa; o que la niña está invitada al cumpleaños.

Suena el timbre.

* * *

Me fijé en la parte superior del pasillo: había una cámara de seguridad.

Y ahí todo me comenzó a encajar. Si algo había de cierto en lo que se decía de Luna es que era un genio con los ordenadores, era capaz de meterse en los sistemas informáticos como quien pasea por su casa. Ella misma había admitido que por las noches, a través de su ordenador, accedía a los dispositivos de cualquier hogar.

¿Cómo no iba a ser capaz de acceder al circuito de cámaras del propio hospital?

Seguramente tenía una aplicación en el ordenador o en el móvil para controlarlas, así era fácil adivinar quién caminaba por el pasillo en cada momento.

Sonreí.

Aquello me llevó a otra conclusión: también podría acceder al sistema médico del hospital... Y, por supuesto, saber en cada momento qué medicinas tomaba cada paciente...

Sonreí de nuevo.

Aquella tarde la pasé en la habitación de Luna intentando descubrir todos y cada uno de los trucos que había realizado.

Sobre las ocho me bajé a la cafetería para cenar algo, tenía que hacer tiempo hasta la noche.

* * *

Polonia

Los niños salen.

Hoy no hay paraguas que escondan los rostros.

La mujer ve a la pequeña que, como cada día, se asoma entre los barrotes de la verja esperando a que vengan a buscarla. Observa también el final de la calle y el coche no está.

Quien sí llega es la madre. Y lo hace con una bolsa de regalo. La mujer sonríe porque eso puede significar que la niña está invitada al cumpleaños.

A los pocos minutos son varios padres los que se reúnen en el exterior del colegio, hablan entre ellos y, tras intercambiar varias bolsas, se dirigen hacia el parque junto a sus niños.

La mujer toma la delantera con la intención de sentarse en algún banco cercano a los columpios, antes de que todos los demás lleguen.

Camina deprisa por la misma ruta que hizo el primer día que paseó por la ciudad.

Y llega a los columpios, aún no hay nadie. Elige un banco cercano al tobogán rojo. Se sienta y abre un libro.

A los pocos minutos escucha voces de niños.

Llegan corriendo, como si el tiempo se les acabase, como si tuvieran que hacerlo todo de golpe. La mayoría pasan por delante de ella y la ignoran, todos excepto una niña que se le queda mirando fijamente. Quizás la recuerda de haberla visto durante los últimos días en el exterior del colegio.

La pequeña va directa al columpio rojo... Eso le recuerda que a la madre de Luna le encantaban las alturas. El problema es que todos lo hacen, todos los niños han ido directamente a ese columpio, quizás porque es el más alto, el que más llama la atención.

Nada especial.

Cada minuto que pasa se siente más desilusionada.

* * *

Regresé de la cafetería pasadas las nueve de la noche.

Al subir a la segunda planta Ayla me acompañó hasta la habitación de Luna: el sombrero continuaba sobre la cama.

—Quizás lo de esta noche sea una de las cosas más bonitas que vas a hacer en tu vida —me dijo.

—No entiendo... —le contesté.

—Hay cosas que solo se pueden entender si las vives...

»¿Cómo se puede entender un parto si no lo has vivido?

»¿Cómo se puede entender la muerte de un hijo si nunca la has sufrido? No se puede.

»Hoy vivirás situaciones a las que intentarás buscar algún tipo de explicación, pero eso no siempre es posible.

Se acercó a mí y me abrazó.

—Si necesitas cualquier cosa tienes mi móvil. —Y se marchó.

Me quedé allí, mirando la habitación en la que había pasado parte de los últimos días. Me acerqué al armario para sacar la mochila que Luna me había dejado. Cuando estaba a punto de vaciar su contenido sobre la cama, escuché unos pasos que se acercaban por el pasillo.

En la puerta apareció el niño pelirrojo con su madre.

—Hola —me saludó ella nada más entrar—, disculpa que te molestemos...

—Hola, no, no... nada, adelante.

—Veníamos a ver a Luna —dijo la madre mirando al niño que a su vez miraba fijamente el sombrero.

—Pero Luna... Luna... —no me salían las palabras.

—Sí..., lo sé —me dijo la madre en voz baja—, y creo que él de alguna forma también lo sabe, pero ha insistido en venir. Las únicas palabras que ha dicho en todo el día han sido: *Luna sigue allí, en el sombrero.*

Se me erizó la piel.

—¿Podemos jugar al sombrero? Traigo cosas en los bolsillos —dijo el niño.

La mujer se llevó las manos a la boca. Sorprendida.

—¿Podemos jugar al sombrero? Traigo cosas en los bolsillos —insistió.

—Por favor... —me dijo la madre en susurros juntando sus manos en el pecho, en posición de plegaria.

No entendía nada.

—¿Podemos jugar? Traigo cosas en los bolsillos —insistió de nuevo.

—Claro... —contesté colocándome el sombrero.

El niño sacó varios objetos de sus bolsillos y los dejó sobre la cama.

—Tienes cinco segundos —me dijo.

Los observé sabiendo que no me hacía falta memorizarlos, podría verlos desde dentro del sombrero.

—Uno, dos, tres, cuatro y ¡cinco! —gritó.

Y, aunque me costó un poco, finalmente metí mi cabeza totalmente en el sombrero.

—A ver... has traído un paquete de galletas, una pulsera azul, unas gafas con la montura roja, una cuchara, tres canicas verdes... y un rotulador —le dije.

—¡Muy bien, Luna! —gritó el niño—, ¡Muy bien, Luna! ¡Muy bien, Luna!

Al oír su nombre sentí algo en las paredes internas del sombrero, como un latido de un corazón invisible. Me lo quité nerviosa.

El niño se acercó a mí para abrazarme. Fue un segundo. Se separó de inmediato y volvió a meterse todos los objetos en el bolsillo. Se levantó de la silla y se fue al pasillo.

—Ahora mismo salgo, cariño —le dijo la madre mientras se acercaba a mí para cogerme las manos.

—Gracias, muchas gracias... —me susurró.

—No entiendo...

—Verá —suspiró mientras intentaba limpiarse las lágrimas—, mi hijo sufre TEA diagnosticado desde los dos años. No está claro qué nivel de autismo tiene... Pero normalmente no habla con nadie, no es capaz de expresar sus sentimientos... a veces da la impresión de que ni siquiera me conoce. Está en tratamiento y venimos dos o tres veces a la semana...

Suspiró.

—Un día, al pasar por este pasillo, mi hijo vio a una niña con un sombrero extraño. Sin pedir permiso entró en la habitación y le preguntó para qué era ese sombrero.

La mujer me apretó las manos.

—Sé que puede parecer una tontería, algo normal para cualquier niño, pero eso fue algo extraordinario para mi hijo. Aquella niña había conseguido conectar con él: durante los minutos que estuvieron juntos dijo más palabras que en un mes de terapia.

Cada día que veníamos al hospital pasábamos por esta habitación. Y Luna le hacía todos los días el mismo juego: adivinar lo que escondía en los bolsillos...

En ese momento yo sonreí por dentro, *si supiera que hay truco, que desde el interior del sombrero se ve todo.*

En cambio fue ella la que me sorprendió a mí.

—Pero Luna fue mucho más allá. Comenzó a adivinar cosas que nadie podía saber: pequeños detalles. Luna adivinó que a mi hijo le encantan los puzles de animales; que detesta el arroz, la lechuga y las nueces, pero en cambio le gustan mucho las legumbres. Adivinó que su color preferido es el rojo; su sabor, la fresa y que le encanta el olor de la canela. Me dijo que por las noches lo que más feliz le hace es que le coja la mano y por las mañanas que le abra la ventana para que le dé el sol en la cara... Yo siempre estuve delante y mi niño jamás le dijo nada de eso. Simplemente era algo que ella sentía, y así me lo dijo.

—Pero yo no soy Luna..., no entiendo por qué.

—Ya, ya lo sé, para usted, para mí, para todos, Luna se ha ido, pero creo que para él no. Como ya le he comentado, las únicas palabras que ha dicho esta mañana han sido: *Luna sigue allí, en el sombrero.*

Un escalofrío me recorrió el cuerpo.

Nos despedimos y vi cómo niño y madre se alejaban por

el pasillo. Ella alargó la mano para dársela a su hijo, pero él ni siquiera se dio cuenta.

Volví a la habitación y vacié la mochila sobre la cama. Todos los objetos estaban numerados, y todos ellos tenían una pequeña nota adjunta.

Busqué el primero, en realidad los primeros, pues había tres objetos con el número 1. Leí las instrucciones: tenía que ir a la habitación de al lado.

* * *

Cogí los tres primeros objetos de la lista: un bote de colonia y un par de auriculares. Me dirigí hacia la habitación contigua. Nada más abrir la puerta, me encontré a la mujer sentada en la cama, como si estuviera esperando a alguien.

—Buenas noches —le dije en voz baja. No me contestó.

»¿Qué hace levantada a estas horas? —le pregunté.

—Estoy esperando a mi marido —me dijo mirando hacia la puerta, como si no le importara mi presencia.

Aquella pobre mujer continuaba esperando a un marido que murió hace dos años. Según me explicó un día Ayla, de alguna forma su mente se había quedado varada en aquel instante.

Él, cada tarde, después de trabajar, iba al hospital para pasar la noche con su mujer, una mujer que sufría un Alzheimer demasiado precoz, con apenas 55 años ya había olvidado gran parte de su vida.

El hombre se acomodaba en el sillón y le daba la mano. Y así, día tras día, ambos dormían juntos. Por la mañana, él la despertaba con un beso y se despedía hasta la tarde. Una rutina que servía para mantener la sonrisa de una mujer que no entendía muy bien por qué no avanzaba la vida.

Pero una mañana, cuando despertó, él ya no estaba. Esa misma noche le había dado un ataque al corazón y había muerto.

Se lo intentaron explicar pero ella nunca quiso o nunca pudo entenderlo. Su mente no le permitió almacenar ese nuevo recuerdo, se convenció de que él regresaría por la tarde, después del trabajo, para dormir junto a ella. Por eso se mantenía allí, sentada sobre la cama, esperando.

Leí de nuevo las instrucciones.

Lo primero que debía hacer era cerrar la puerta. En cuento lo hice la mujer se puso nerviosa.

A continuación debía abrir el bote de colonia y echarme sobre el cuerpo. En apenas unos segundos el olor se esparció por la habitación.

Justo en ese momento la mujer se levantó de la cama.

—¡Ya viene, ya viene! —dijo ilusionada. Creo que nunca había visto tanta alegría en un solo rostro.

Pensé que en cualquier momento se abriría la puerta y entraría alguien. Pero no ocurrió nada.

Siguiente instrucción: ponernos los auriculares.

Dudé durante unos instantes, no sabía qué reacción podía tener si me acercaba a ella e intentaba ponérselos. Pero fue ella misma quien, al verlos, alargó la mano para cogerlos. Se los di y se los colocó en la cabeza.

Me puse yo también los míos.

Lo último que debía hacer era pulsar el *play* en la única canción que había en el reproductor.

Play. *Y la música comenzó a sonar en mis auriculares, y también en los suyos.*

La mujer se acercó lentamente a mí, sonriendo, como quien está enamorado.

—¡Qué ganas de volver a verte! —me dijo mirándome a los ojos, solo a los ojos, como si el resto de mi cuerpo no existiera—. ¿Sabes que te quiero?

Y lentamente, casi sin darme cuenta, me agarró por la cintura, puso su cabeza en mi pecho y comenzamos a bailar.

—Nuestra canción favorita... —me susurró al cuello mientras era ella quien me movía por la habitación. Yo solo me dejaba llevar.

—Te quiero tanto... —me dijo.

—Yo también te quiero... —le dije, y sé que en ese momento aquella mujer fue feliz.

* * *

En la habitación de un hospital se ha abierto una grieta en el tiempo: pasado y presente se han cruzado de tal forma que durante tres minutos es imposible separarlos.

Una mujer que lleva años sin recordar el presente, de pronto ha asociado dos ideas a través de sus sentidos: su canción preferida con el olor de la colonia de su marido.

Y allí, en ese baile que de alguna forma desdibuja la realidad, ella recuerda aquella noche en la que se conocieron. Fue esa misma canción la que sonó cuando un chico más o menos guapo, más o menos alto, más o menos nervioso... se acercó a ella con un exceso de perfume y miedo. Y ella aceptó. Y se enamoró.

Mientras mujer y psicóloga bailan, es esta última la que se pregunta cómo pudo Luna descubrir esos recuerdos de una persona que no recuerda nada. ¿Cómo pudo encontrar el camino en el laberinto de su mente para averiguarlo?

Pasan los tres minutos y la música acaba.

Y la mujer, confusa, se queda mirando la puerta.

—Ya se ha ido... —dice con lágrimas en los ojos.

Polonia

Una mujer permanece sentada en el banco de un parque. Simula que lee un libro cuando en realidad está observando a los niños que hay jugando alrededor.

Se fija especialmente en una pequeña de unos seis años: alta, rubia, muy rubia, con los ojos negros...

No hace nada especial: va de columpio en columpio. Sobre todo le gusta un tobogán rojo, el más antiguo de todos, el más alto de todos, el único que es de metal porque todos los demás son de madera, se ha tirado por él más de diez veces.

Mientras la mujer finge estar leyendo un libro ve pasar un gato por uno de los costados. Se pone nerviosa, podría ser su oportunidad.

Piensa rápidamente en cómo conseguir que la niña lo vea. Sabe que una reacción ahí sería, por lo menos, interesante. Si la niña dejase de jugar para ir a por el gato... Se da cuenta de que tiene algo de comida en el bolso: una pequeña galleta que ha cogido en el desayuno del hotel.

Nerviosa, la abre e intenta llamar al gato para que vaya hacia ella.

—*Miss, misss, missss* —insiste. Y el gato la ve.

El animal la observa con desconfianza pero, poco a poco, se dirige hacia el banco.

Si consigue que el animal se acerque un poco más, los niños podrán verlo, la niña podrá verlo.

Está nerviosa.

*   *   *

Hospital

Salí de la habitación sin saber muy bien qué pensar. ¿Cómo había llegado Luna a los recuerdos de aquella mujer? De nuevo dudé. ¿Y si es cierto que hay conexiones especiales entre las personas? ¿Y si es cierto que aquella niña podía detectarlas?

Seguro que hay algún truco, me convencí a mí misma.

Avancé hacia la siguiente habitación: la que tenía un punto rojo en la puerta. Entré en silencio y me encontré a la mujer durmiendo. Según las instrucciones solo tenía que ponerle algo de comida bajo la almohada, nada más.

Me acerqué a ella intentando no hacer ruido y, con mucho cuidado, le puse unas galletas. Fue justo al sacar la mano cuando abrió los ojos de golpe y me asustó.

Nos quedamos mirándonos.

Parpadeó varias veces y se sentó en la cama.

—¿Es usted la madre de Luna? —me preguntó.

—No, no... —le respondí temblando, sin haberme recuperado aún del susto que me había dado.

Por un momento me planteé si debía o no decirle la verdad: que Luna había muerto. ¿Sería su mente capaz de almacenar esa nueva información?

—Es que ya no está... Luna se ha ido —me dijo mirándome con esos ojos de quien necesita un abrazo y se le ha olvidado cómo pedirlo.

Se levantó.

Y la abracé. Lentamente, con delicadeza, con miedo a romper alguno de sus recuerdos.

Durante los primeros segundos se quedó inmóvil, rígida, con los brazos quietos, pegados al cuerpo. Quizás porque hacía tanto tiempo que no la abrazaban que había olvidado cómo hacerlo. Pero poco a poco, como esos recuerdos que llegan espesos, lentos, pero acaban apareciendo... levantó sus manos y rodeó mi espalda.

—Se ha ido —me dijo.

—Sí, lo sé.

—Pero volverá...

—Sí, lo sé —le contesté.

—Al final esa niña encontró lo que estaba buscando —me susurró.

Deshizo el nudo de sus manos en mi espalda y se volvió a sentar en la cama.

Se quedó mirando el techo.

Salí de allí con miedo a encontrarme el fantasma de Luna en el pasillo.

Suspiré.

Leí las siguientes instrucciones, tenía que ir a la planta de arriba, a la de los niños. Y lo que en principio parecía más sencillo se convirtió en lo más duro.

Polonia

Un gato se acerca a una mujer que le ha enseñado una galleta. Camina despacio, ronroneando, rozando el lomo con cada una de las plantas que se va encontrando en su camino.

La mujer llama al animal de una forma un tanto exagerada, con la intención de que los niños la escuchen y miren hacia ella.

Y lo hacen, incluida la pequeña que justo en ese momento está subiendo por la escalera del tobogán. Pero, aparte de alguna sonrisa, no consigue nada más. Todos los niños siguen a lo suyo, nadie se acerca al gato.

La mujer, decepcionada, tira la galleta hacia el animal, que la huele durante unos segundos y pierde el interés por la misma.

Ya solo le queda la opción de mojarle el pelo a la niña para ver si tiene ese comportamiento extraño, pero hoy no dan lluvia y tirarle agua por encima no es una opción.

Su cara refleja una breve tristeza. La tristeza de quien ha averiguado que tiene la razón, pero le gustaría no tenerla.

Llegué a la planta tercera, la infantil. Según las instrucciones, debía mirar bajo las almohadas de cada niño y cambiar cada papel que encontrara por un dulce. Yo iba a ser el ratón.

Comencé con la más cercana al ascensor. Abrí la puerta en silencio, intentando no alterar la noche. Allí dentro una niña de unos siete años dormía conectada a una mascarilla. La escena era antinatural: una vida en plena primavera que siempre despertaba en invierno. En realidad todas aquellas habitaciones estaban llenas de semillas que habían conseguido ser flores pero que seguramente no llegarían a ser árboles.

Me acerqué a un cuerpo al que le costaba respirar, levanté con suavidad la almohada y encontré un papel, en él la niña había escrito algo: *poder hinchar un globo el día de mi cumpleaños*, eso es lo que ponía.

Y en ese momento entendí el significado de aquellos pequeños papeles: eran deseos. Y yo esa noche iba a ser ese ratón mágico.

Leer aquel deseo me dolió por lo cotidiano del mismo, porque seguramente un niño del exterior nunca pediría algo así.

Di unos cuantos pasos más y entré en la siguiente habitación. Allí un pequeño dormía agarrado a un peluche. Estaba conectado a una máquina que, a través de números, vigilaba que no se le fuera la vida. Levanté ligeramente la almohada y cogí el papel.

Lo abrí con miedo: *unos cromos.*

Ese deseo sí se podía hacer realidad. Sonreí. Y comencé a entender la misión de Luna, la misión de ese ratón mágico. Entendí por qué de vez en cuando pedía objetos extraños a Ayla y esta se los traía. Aquellos papeles eran deseos que los niños pedían. Lo cogí y le dejé una piruleta.

Y así, de habitación en habitación, fui recogiendo pequeños deseos de aquellos niños: montar en bicicleta, comer un helado, poder andar, despertar sin dolor, tocar un caracol, poder montar un puzle...

Pequeños deseos para pequeñas vidas. Cosas tan comunes para todos los que vivimos fuera de un hospital que la mayoría de las veces nos pasan desapercibidas.

Me di cuenta de que, cuanto más sencillo era el deseo, más me destrozaba por dentro: *poder ir al baño solo, poder comer por la boca, poder respirar por la nariz, poder andar con mis piernas...*

Llegué al final del pasillo y allí me encontré con la única habitación en la que había luz. Al asomarme vi a un adolescente sentado en la cama.

* * *

—Hola —lo saludé.

—Hola —me contestó sonriendo.

—¿Qué haces despierto a estas horas?

—Yo siempre estoy despierto a estas horas —me dijo mientras se ponía de pie.

Me quedé en el umbral de la puerta, no sabía si podía entrar.

—Entre, entre, Luna me dijo que vendría. —Y entré.

—Seguramente le habrán hablado de mí —me dijo—, soy el niño vampiro. Aunque no soy un vampiro, claro, y como ve, tampoco soy tan niño.

Me sacó una pequeña sonrisa.

—Mi vida va al revés: duermo de día y estoy despierto por las noches. No me puede dar el sol porque podría quemarme o quedarme ciego. Soy de esos casos extremos, es decir, que me puedo quemar incluso estando a la sombra. Lo peor de mis horarios es que nunca tengo a nadie de mi edad con quien hablar, porque a estas horas todos están durmiendo. Bueno, no todos, es cierto que hay gente a la que visito por las noches, gente que no puede dormir, doy vueltas por el hospital y hablo con ellos.

Observé su piel y lo entendí todo. Yo no era una especialista en enfermedades raras, pero en alguna ocasión había conocido a alguien con ese síndrome. Era el síndrome de Xeroderma Pigmentoso (XP).

—No me puede dar la luz porque me quemo, no me puede dar la luz porque mis ojos se ponen rojos... Como ve tienen razón los que me llaman vampiro. Solo me falta dormir en un ataúd —sonrió—, aunque en realidad, si lo piensa, ya lo hago. Porque en eso se ha convertido esta habitación.

Silencio.

—He pasado ya por varios cánceres de piel y poco a poco me estoy quedando sordo. Ojalá dejara de ser vampiro para volver a ser humano, pero no sé cómo se hace eso, ¿lo sabe usted?

Me había quedado sin palabras.

—Supongo que ha venido a por esto —me dijo mientras me daba un pequeño papel que guardaba bajo la almohada—. Si algo bueno tiene eso de vivir de forma nocturna es que soy de los pocos que he visto al ratón, de hecho incluso he hablado con él muchas noches, casi todas.

Me acerqué y cogí el papel. Cuando fui a darle el caramelo lo rechazó.

—Los vampiros no comemos dulce —sonrió—, solo bebemos sangre, y yo muchísima, no se imagina las transfusiones que me han hecho. Dele el caramelo a otro niño —me dijo.

—Está bien —le contesté mientras guardaba el dulce de nuevo en la mochila.

—Eso sí, continúe la leyenda por el hospital. A los pequeños les encanta saber que hay un niño vampiro en el edificio—. Y me guiñó un ojo.

—Por supuesto —le contesté.

Ya estaba saliendo de la habitación cuando volvió a hablar.

—¿Sabe? Ojalá fuera cierto —habló mirando hacia el exterior del edificio—, ojalá fuera un vampiro y pudiera abrir esa ventana y salir volando de aquí, para siempre... A veces lo he pensado, lo he pensado muchas veces... incluso me he asomado alguna vez para ver la altura.

Tragué saliva, entendí perfectamente lo que me estaba queriendo decir.

Le di las buenas noches y cerré la puerta lentamente.

Ya en el pasillo, miré el papel: *ser normal.*

* * *

Polonia

Una mujer permanece sentada en el banco de un parque en una ciudad de Polonia.

Piensa en las razones por las que Luna ha fallado en su truco final. Quizás la muerte le llegó tan rápido que no le dio tiempo a buscar a una niña que tuviera más coincidencias con su madre. Es rubia, con los ojos negros, delgada y parece que le gusta el amarillo. Es cierto que también le gustan las alturas y quizás por eso siempre está subida en el tobogán rojo, el más alto. En cambio no ha funcionado lo del gato.

Lo que ya no sabe es si al ponerse nerviosa le tiembla la mandíbula o al mojarse el pelo se rasca de forma exagerada, no ha podido comprobarlo.

Quizás ya es momento de regresar a casa, se dice a sí misma. De regresar a su vida, a la realidad, esa en la que tan segura se siente.

Admite que le hubiera gustado que la teoría de Luna fuera cierta, le hubiera gustado que las personas tuvieran vínculos especiales con otras personas, que pudieran compartir energías, que pudieran sentir la alegría y el dolor de otros a pesar del tiempo y la distancia... Le hubiera gustado que las personas, al morir, formaran parte de otras personas, porque eso significaría que no podríamos hacer daño a nadie, pues nos lo estaríamos haciendo a nosotros mismos...

Y a pesar de todos esos pensamientos, se acuerda del montón de monedas, de todo lo que le dijo ese hombre en el Molo, de lo que sintió al abrazarlo...

*   *   *

Miré la última instrucción: Habitación 444.

Me puse nerviosa. Ayla me había comentado que allí ocurrían cosas extrañas por las noches, que los monitores se volvían locos, como si alguna energía lo alterase todo, hasta las cámaras de seguridad.

Y era cierto, había preguntado a otros médicos y siempre que nombraba la habitación 444 les notaba nerviosos. Nadie quería estar cerca de ese lugar por las noches.

Abrí la puerta, despacio, con miedo.

Allí, sobre la cama, reposaba un cuerpo conectado a un aparato que lo mantenía con vida. Según los informes, aquel hombre había entrado en coma hacía un año, tras un accidente de tráfico. Estaba viudo y no tenía hijos. Su hermana era la única que lo visitaba de vez en cuando.

Leí de nuevo las instrucciones, extrañas, las más extrañas de todas. Lo primero que debía hacer era coger la caja de arena y abrirla. ¡Y colocar la mano del hombre dentro de la misma!

Miré alrededor, no sabía si hacerlo. ¿Y si entraba alguien?

¿Qué iba a decir? ¿Cómo podría explicar aquello? Estuve tentada de dejarlo.

Finalmente, nerviosa, destapé la caja y, temblando, cogí la mano del hombre y la puse sobre la arena.

Contuve la respiración. Por un momento imaginé que la mano se movería, pero no ocurrió nada.

Lo segundo que debía hacer era encender y apagar diez cerillas de la caja, una tras otra. Todas.

Estuve a punto de abandonar de nuevo, todo aquello parecía absurdo. Y aun así, lo hice. Encendí una cerilla y la apagué, y otra, y otra... y así hasta diez. La habitación comenzó a oler a quemado, tuve miedo de que saltara la alarma de incendios.

Fue mientras volvía a mirar las instrucciones cuando noté que el pecho del hombre se movió: inspiró con fuerza, con mucha fuerza, y espiró lentamente, como si no quisiera dejar escapar aquel aroma.

Ahí sí que me asusté. Mucho.

En realidad no tenía por qué ser nada extraño, a pesar de estar en coma, el hombre respiraba. Quizás esos espasmos eran normales, se le podía haber obstruido el conducto momentáneamente, nada más. Solo era eso, me dije a mí misma.

Solo quedaba la última instrucción: debía coger la caracola y ponérsela al hombre en la oreja.

La cogí. Me temblaba la mano, me temblaba el brazo, el cuerpo entero me temblaba. Y poco a poco se la acerqué.

Cuando apenas habían pasado diez segundos el hombre movió los labios: dibujó una pequeña sonrisa.

Pensé que había sido imaginación mía, nada más. Pero el

hombre volvió a hacerlo, volvió a sonreír. Y movió ligeramente la mano.

Y hundió sus dedos de forma suave en la arena.

Y yo me convertí en estatua, aguantando la caracola junto a su cabeza, sin saber si permanecer allí o salir corriendo.

De pronto, en la habitación de un hospital ocurre un milagro. El hombre que ha movido una mano... el hombre que ha sonreído... comienza a llorar. Es una lágrima la que sale de su ojo izquierdo y recorre la mejilla para perderse en la almohada. Y detrás de esa, otra, y otra y otra... Pero no deja de sonreír.

Las pulsaciones aumentan, la tensión aumenta, los niveles de oxígeno en sangre se descontrolan, los monitores comienzan a sonar... Y la mujer que está allí dentro, asustada, coge la caja con arena, los restos de las cerillas, la caracola... y sale corriendo.

* * *

Muchos, muchos años antes

Atardece en una pequeña playa.

Un chico y una chica están sentados a unos tres metros del agua, justo en ese punto donde pueden jugar a mojarse los pies con las olas.

Hace unos minutos que ninguno de los dos habla. Él espera a que se haga de noche; ella espera a que uno de los dos se decida a dar el primer beso.

Una de las manos del chico está unida a la de la chica, con la otra juega en la arena, hundiendo sus dedos hasta notar la humedad que siempre se esconde a unos centímetros de la superficie.

Lo único que se oye es el sonido del mar. Pasan los minutos, ya casi es de noche.

—He traído una caja —le dice el chico, nervioso.

—¿Qué hay en la caja? —le pregunta ella, nerviosa.

—Una sorpresa —le contesta él.

—Sácala —sonríe.

—No, espera un poco, antes debe hacerse de noche.

El tiempo pasa, y el sol desaparece dejando una noche sin nubes, desnuda, con miles de estrellas.

—Cierra los ojos —le dice el chico—. Y no los abras hasta que te lo diga, si no se estropea la sorpresa.

—Vale —le contesta una chica que no puede ser más feliz.

Él abre una pequeña caja con unas ranuras casi invisibles para que pueda respirar el fuego, dentro hay una vela, de momento apagada.

Saca también una caja de cerillas y enciende una. Pero la brisa la apaga al instante. Se pone nervioso.

Coge otra cerilla y la enciende, y se apaga.

—¿Ya? —pregunta la chica.

—No, no, espera un momento.

El chico, nervioso, continúa encendiendo cerillas que, debido a la brisa, y también a sus nervios, se apagan. Lleva unas diez y ya no puede disimular el aroma a cerilla quemada.

Finalmente consigue mantener el fuego en una y con ella enciende la vela. Cierra la caja con cuidado para que no se apague.

—Al abrir los ojos quiero que mires al cielo —le dice finalmente el chico.

—Vale —contesta ella.

—¡Ya!

Y la chica mira un cielo limpio, salpicado de estrellas.

—¡Qué bonito! Me encanta.

—Elige una —le dice él.

—¿Qué?

—Elige una.

—Está bien... —Y tras varios segundos—. Elijo aquella de allí, la que brilla tanto.

—Esa es perfecta, justo la que yo pensaba —le dice él.

La chica se ríe y ambos se miran sabiendo que en ese momento no hay nada más importante en el mundo que ellos dos.

—Quería regalarte algo especial, muy especial.

—¿Por qué? —contesta ella.

—Porque sí, porque quería hacerlo —sonríe—. Así que pensé en regalarte una estrella, justo la que tú has elegido.

La chica sonríe.

—Ahí la tienes, en la caja. Ábrela.

Y en ese momento, en la oscuridad de la noche, con el aroma de las cerillas y el sonido del mar la chica descubre una pequeña vela brillando en el interior.

El chico, nervioso, mete su mano en la arena. La chica, feliz, lo mira con una sonrisa.

Los dos tiemblan.

Y sus bocas se acercan.

Y por primera vez, se besan.

Ese será el primer beso de muchos, de muchísimos, de todos los que vendrán al compartir una vida entera juntos.

Y si ese hombre pudiera elegir un momento, uno solo en toda su vida... Un momento al que le gustaría regresar una y otra vez, sin duda elegiría ese: aquella noche en la playa junto al mar, junto a la persona con la que iba a compartir el resto de su vida.

* * *

Polonia

Una mujer sentada en un banco continúa observando cómo
varios niños juegan en el parque: corren, gritan, de vez en
cuando alguno se cae y llora, se persiguen, se abrazan...

Se fija continuamente en la niña. Aún queda la opción de
que se ponga nerviosa por algo y comience a temblarle la
mandíbula, pero a esas alturas ya no tiene demasiadas espe-
ranzas. Reconoce que ha invertido mucho tiempo intentando
encontrar algo donde nunca hubo nada. Es momento de regresar a casa.

Los minutos pasan.

Una de las madres grita algo en polaco que la mujer más o
menos entiende. Todos los niños interrumpen lo que están
haciendo y se van corriendo hacia la mesa donde están los
adultos.

Algo ocurre.

* * *

Hospital

La mujer sale de la habitación asustada.

Aún no sabe si lo que ha visto es real o ha sido producto de su imaginación. Aún no sabe si de tanto pensar que ocurría algo extraño al final ha ocurrido.

Quizás no ha sonreído, quizás le ha parecido verlo pero no lo ha hecho. Quizás no ha movido la mano, quizás solo le ha parecido verlo... Pero, ¿y las lágrimas? Las lágrimas eran reales.

Continúa corriendo por el pasillo hasta que llega a la habitación de Luna. Temblando, deja todos los objetos sobre la cama, mete los papeles en la caja con forma de corazón y se sienta en el sillón. Está sudando.

Es plena madrugada y no escucha ningún sonido, no hay alarmas, no hay enfermeros corriendo por los pasillos, todo está en calma.

Y lentamente, el sueño le puede.

Se queda durmiendo en el sofá, en el mismo sofá en el que se encontró a Ayla el primer día.

A las pocas horas el hospital despierta. Y llegan los ruidos de los carritos del desayuno, y las conversaciones lejanas... La mujer abre lentamente los ojos y recuerda lo ocurrido en la habitación 444. Busca en su mente el truco pero no lo encuentra.

Recoge sus cosas, incluyendo el sombrero, y mirando alrededor se despide de la habitación de Luna.

Es al dirigirse hacia la puerta cuando observa la pizarra que hay colgada detrás: el símbolo del infinito.

Luna encontró a su madre, piensa.

Sabe que no es cierto, que no se puede encontrar a una persona que ya ha muerto, que la teoría de Luna solo estaba en su cabeza. Y aun así, aun sabiéndolo coge el móvil y busca las coordenadas que la niña escribió.

Y aparece un lugar exacto: una casa en una calle de una ciudad de Polonia: Gdansk.

Ni por un momento se le pasa
por la cabeza que todo eso sea real.
Ni por un momento piensa
que haya podido encontrar a su madre.
Ni por un momento se le ocurre
ir a esa ciudad a comprobarlo.
Y aun así, a la semana siguiente
la mujer está volando hacia Gdansk.

Y llega a Gdansk por la mañana, con el tiempo justo para dejar la maleta en el hotel y dirigirse al colegio que había apuntado en la parte trasera de la foto de la niña, justo a la hora de la salida.

Llueve sobre una mujer que desea pasar desapercibida entre todas las vidas que se amontonan a la puerta de un colegio.

Con una mano sujeta un paraguas con el que intenta ocultar su cuerpo, con la otra sostiene un móvil en el que pretende esconder su rostro. No quiere llamar la atención.

Mira la hora, aún quedan cinco minutos, ha llegado demasiado pronto. Es su primer día en la ciudad —también en el país— y no conoce la zona.

Mañana lo hará mejor, piensa.

Mañana intentará llegar justo a la hora de la salida, para que nadie se fije en ella, para estar el menor tiempo posible expuesta a las miradas...

* * *

Polonia

Una mujer que continúa sentada en el banco de un parque, observa cómo todos los niños van corriendo hacia la zona donde están los padres.

Uno a uno, sin orden, jugando entre ellos, se van sentando alrededor de una mesa de madera: acaban de sacar la tarta de cumpleaños.

Es esa misma mujer la que, disimuladamente, se levanta del banco con la intención de acercarse a la mesa para ver si puede averiguar algo más.

Uno de los padres, con la ilusión de un niño, saca seis velas de una pequeña bolsa y las va colocando con delicadeza sobre la tarta, intentando que el dibujo que hay sobre la misma permanezca intacto, intentando no estropear ninguno de los adornos que la coronan.

Los pequeños, impacientes, se asoman a ella como quien se asoma a un regalo que está por abrir. Todos tienen los cubiertos en las manos y las sonrisas en el rostro.

Todo está preparado.

Pero en el momento en que una de las madres saca un mechero para encender las velas, la niña rubia con ojos negros tiene una reacción totalmente inesperada: se pone a gritar de forma histérica, se tira al suelo y ahí, en posición fetal, se tapa la cara con las manos.

Todos los que la rodean se quedan en silencio.

La niña continúa gritando.

Es entonces cuando las piezas comienzan a encajar en la mente de una madre que hace años perdió a su hijo en un accidente.

Es entonces cuando esa mujer entiende por qué la niña parecía volverse loca cada vez que su padre quería meterla en el asiento trasero del coche; no era por el padre, claro, era por el coche...

Entiende ahora también por qué, en pleno invierno, esa niña se agarra a los barrotes fríos de la verja exterior del colegio, a la valla del patio de su casa, a la escalera de su columpio preferido: un tobogán metálico.

Y mientras todos esos pensamientos le llegan, la niña continúa gritando.

Es al verla allí, en el suelo, tapándose los ojos y llorando, cuando la mujer se acerca a ella sin importarle nada más. Y ante la mirada atónita de todos los presentes, levanta sus brazos y comienza a aplaudir.

En ese preciso instante la pequeña deja de gritar. Se quita las manos de los ojos y la mira fijamente.

La mujer se agacha y acerca su rostro al de la niña.

Y con las manos temblando, con el rostro temblando, con los ojos temblando, con la vida entera temblando… le dice una palabra, una sola palabra:

—¡Þetta!

Y la niña, sin saber por qué, de forma inconsciente, le responde con otra palabra que ni siquiera entiende:

—¡Reddast!

* * *

Gracias.

Como siempre, como en cada libro; gracias por acompañarme en esta aventura de escribir.

Gracias, porque yo lo único que hago es contar historias; pero sois vosotros los que conseguís darles vida.

Gracias por todos los mensajes y muestras de cariño que me regaláis, tanto en las firmas como de forma virtual a través de las redes sociales.

Os animo a escribirme para contarme qué os ha parecido la novela. Me encantaría recibir vuestras opiniones.

eloymo@gmail.com

Gracias.